反時代的思索者

唐木順三とその周辺

粕谷一希

藤原書店

反時代的思索者／目　次

第一章　筑摩書房というドラマ——ひとつの友人共同体　009

反時代的思想家——小林秀雄との対比　011
三　人　014
古田晁の酒　017
編集者、臼井吉見　025
編集者、唐木順三　030

第二章　京都大学哲学科の物語　039

深田康算教授のつぶやき——創設者たち　041
気鋭の新人たち　047
花盛りの哲学科——学生たち　048
長野・満洲・成田——模索の時代　052
受　難——西田幾多郎と京都学派の秀才たち　056
逆　風　064

第三章　漱石と鷗外　073

漱石派と鷗外派　075
唐木順三の彷徨時代——『鷗外の精神』　079
『現代日本文学序説』と『近代日本文学の展開』　093
鷗外の問題　096

第四章　戦後という空間　105
戦後を象徴するもの　107
三木清と唐木順三　111
教養主義の批判の批判　116
編集者、唐木順三　129
第五章　反転──中世へ──ニヒリズムとしての現代　137
戦後の底流にあったもの　139
ニヒリズムとしての現代　141
ニヒリズムとしてのナチズム　146
『詩とデカダンス』の世界　148
事実と虚構　153
デカダンスから風狂へ　157
酒中の真理　160
筑摩書房と創文社　163
第六章　中世的世界の解釈学──無用者の発見　167
唐木順三の歩み　169
『中世の文学』の構造　172
鴨長明『方丈記』の世界　173

兼好法師『徒然草』の世界　181
世阿弥——すさびからさびへ　186
生身の自己を押えて「格」に入る　190
発見された無用者　194

第七章　批評と思想の間——小林秀雄と唐木順三　199
『無常』の形而上学——道元　201
禅問答　212
道元のなかの詩人と教育者　215
批評家、小林秀雄の仕事　218
批評家と思想家　222
日本回帰　224
反時代的な生き方　228

第八章　哲学と社会科学——思想が生まれるところ　231
哲学から科学へというテーゼ　233
丸山眞男の場合　234
大塚久雄の場合　239
清水幾太郎の場合　243
思想の生まれるところ　245
近代化以後　250

今日の思想状況　253
科学から哲学へ――思想の生きる場所　257

第九章　ふたたび京都学派について　259

田辺元・唐木順三往復書簡の公刊　261
西田幾多郎という存在　266
西田幾多郎と波多野精一　272
和辻哲郎と九鬼周造　278
残された問題　290

第十章　信州――郷土の英雄　293

信濃路、いくたび　295
庶民史観と英雄史観　302
『昨日の世界』　307

補遺１　科学者の社会的責任について　309
補遺２　不期豊醇そして滾々《こんこん》汨々《いついつ》　310
補遺３　下村寅太郎の言葉　312

あとがき　314
初出一覧　318

反時代的思索者

――唐木順三とその周辺

第一章　筑摩書房というドラマ——ひとつの友人共同体

「出版をやれ、一つの出版社を起こすことは一つの大学をつくることに匹敵する。岩波書店を見ればわかるだろう。」

臼井吉見

反時代的思想家——小林秀雄との対比

唐木順三という存在は、戦後日本を生きたユニークな反時代的思想家だったのではないか、という想いが、最近になって私の頭を去来するようになった。

個人的なご縁はそれほど深まらなかったものの、学生時代にはじまり、編集者時代にも、断続的に接触があり、その淡い関係は唐木さんの晩年まで続き、最後に晩年の傑作『あづまみちのく』は当時私が編集していた歴史雑誌に寄稿して頂いた。その最初の「実朝の首」が雑誌に掲載されたとき、『朝日新聞』の文芸時評を担当していた丸谷才一氏が絶讃して下さり、ずいぶん晴がましい想いもしたし、ながい唐木さんとの関係も、ひとつの結実を迎えたような気がしてホッとしたものであった。

それだけでなく、自分が文章を書くようになったとき、無意識のうちに、唐木さんからの影響を受けていることに気づいたこともあった。

しかし、そうしたなつかしい個人的な関係のレベルではなく、唐木順三という文士が生涯を賭けて提出したテーゼが、次第に重みを増し、今日、ますます、二十一世紀を生きている人間に深い問いかけを迫ってきているのではないかという印象が深い。

唐木さんは明治三十七（一九〇四）年、信州に生れ、昭和五十五（一九八〇）年、七十六歳で亡くなっている。明治三十五（一九〇二）年、東京生れの小林秀雄は、昭和五十八（一九八三）年に、八十歳で亡くなっている。二人はほぼ同世代の著作家であった。しかし、通常、同時代の文壇史は、小林秀雄と共に語られており、唐木順三という存在は片隅に位置しているに過ぎない。

事実「批評を文学に高めた」といわれる小林秀雄は、昭和初期に「様々なる意匠」にはじまり、戦前にすでに文壇の中心にあった。その才は文学を越えて、モオツアルト、ゴッホといった音楽や絵画に及び、そのけんらんたる印象は、さまざまな神話・伝説と共に、知識人や学生の間に定着していた。東京生れ東京育ちの早熟な秀才の一典型であろう。

それに比べると、唐木順三は、最初の著作こそ『芥川龍之介論』『現代日本文学序説』『鷗外の精神』など、戦中に始まっているが、主たる活動は戦後である。それ以前には、京大哲学科を卒業後、長野、満洲、千葉などで中学の教師をしたりしてながい模索期がある。その活動範囲も、文学の範囲であり、それも同時代批評をはやく断念して、もっぱら中世の世界に遊んだ。だから、唐木順三という存在は、一見、野暮ったく、狭く、鈍い印象を受ける。

しかし、生涯を通して提出した唐木順三のテーゼは、鋭く、重い。存在として小林秀雄と拮抗する面をもっているのではないか。批評家としての鋭さ、豊かさは小林秀雄にあるとしても、思想家としての深さ、一貫性は唐木順三の方にあるのではないか。というのが、最近の私の仮説なのである。

小林秀雄に、ランボオと中原中也とのドラマがあったとすれば、唐木順三には、古田晁《あきら》、臼井吉見と組んでの筑摩書房というドラマがある。小林秀雄に辰野隆、菊地寛、志賀直哉といった師があったとすれば、唐木順三には京大哲学科、西田幾多郎から三木清までの、師事、兄事した先人がある。小林秀雄が、東京生れの都会秀才であったとすれば、唐木順三には、信州という郷土、松本中学、松本高校という豊かな風土がある。

唐木順三というドラマに迫るためには、信州、京大哲学科、筑摩書房という三重層の世界を見つめてゆかなければならない。

信州に私は血縁はない。しかし、さまざまな意味でながい歳月の中で、信州との縁は深まるばかりである。京大哲学科に、私は学歴上の縁はない。しかし青年学徒として若いときに、著作物を通して決定的な影響を受けた。筑摩書房は職場として切望しながら縁はなかった。しかし、同じ出版人としての生涯を送ってきた私として、筑摩書房という出版社に対して敬愛の念と愛着の情は深まるばかりである。

信州、京大哲学科、筑摩書房という三つの世界への旅を自分の生涯の決算として始めてみたいと思う。

三人

ところで唐木順三という存在を解くためには、やはり、筑摩書房の創設に関わった信州生れの三人の男の物語から始めることが自然であろう。

唐木順三は京大哲学科を卒業しているが、古田晁は東大の倫理学科、臼井吉見は東大の国文科卒業である。三人は文学部という点では共通しているが、郷里の松本高校を出たあとは東と西に別れている。

古田と臼井は松本中学の時代から同級生であり、松本高校時代には同じ下宿に住んでいるし、東大に入ってからも、東京で同じ下宿に住んだことがあったというから、二人は文字通り竹馬の友といえるだろう。これに対して唐木順三は一年上の上級生だったという。お互いに顔みしりではあったろうし、唐木順三の風貌は眼が大きく印象的であり、その秀才ぶりは下級生の古田、臼井にも自然に聞こえていただろう。しかし、唐木と古田、臼井の関係が深まるのは、筑摩書房設立を思い立ってからのことらしい。

古田は大学を卒業すると、アメリカに渡り、アメリカで商売をしていた父の会社に入り、ビジネスの見習いを始めている。しかし、日米関係が悪化して、一時帰国した父親はそのまま日本に止まり、再渡米はしなかった。そうした事情の上に、息子の将来に対して、かなりリベラルで、自分の貿易事業をあくまで継がせようとはしなかったらしい。父親自身、郷里の信州の素封家の家に生れながら、若いころの放蕩がたたって財産を蕩尽し、郷里にいられなくなってこっそり渡米したという。父親の財産はみずからアメリカの貿易事業でつくったものだったろう。

古田晁の許には、その父親から譲りうけた豊かな資産だけが残ったのである。その古田晁が、自分の将来の仕事（事業）として何をなすべきかに悩んでいたころ、当然のことながら、竹馬の友である臼井吉見に相談したのである。

――出版をやれ、一つの出版社を起こすことは一つの大学をつくることに匹敵する。岩波書店を見ればわかるだろう。

臼井はこう断言した。当時の臼井は、大学を卒業して、福島や郷里の長野で中学校の教師をしていたが、早くから小説を書いていた。臼井はこの教師時代にも、近代文学をはじめ、国文関係の古典を次々に読破していたらしい。そうした素養から臼井自身、雑誌、書籍の編集をしてみたい、という鬱勃たる野心を押さえ切れなかったのだろう。

古田晁は、即座に勘が働いて、同郷の岩波茂雄や古今書院の社長に相談にいったが、二人とも「出版社など、すぐ潰れるから止めろ」という台詞だったという。この言葉にも経験に裏づけられた真実があるが、こうした反対で鍛えられ、むしろ意志を固めてゆくのが青春というものなのだろう。

しかし、いざ出版をやると決意したときに二人は、自然に唐木順三という一年先輩を引き込むことを思い立った。臼井吉見はジャーナリスティックな才能と文学への素養があるとはいえ、思想や哲学には弱い。臼井自身確信がもてない部分があるという自己分析があったのではないかと思う。

しかし、その場合も同郷の松本高校の先輩という身近な存在を思いうかべるところに、青春というものの性格がある。筑摩書房とはこの同郷の友人三人の始めた友人共同体として始まるのである。

古田が出版社をやる決意を固めたとき、臼井吉見は幹部候補生として高崎の連隊にいた。古田はその高崎の連隊を訪ねて、「出版社創設の挨拶状を書け」と臼井に頼み、臼井は「よしきた」とその文章をスラスラと書いた。また、その当時の唐木順三は、満洲から引揚げて成田のお不動さまの経営する女学校に勤めていた。当時すでに三木清の推薦で『思想』に「芥川龍之介の思想史上の位置」という処女論文を書き、『現代日本文学序説』という書物の著者であったが、古田晁は面識がなく、顔みしりの臼井吉見が古田を成田の唐木順三の下宿まで連れていっている。

『蛙のうた――ある編集者の回想』（『読売新聞』連載、一九六五年、筑摩書房）は、臼井吉見の回想録の傑作であるが、その中で、唐木、古田、臼井の三人は初めて一緒に酒を呑んだときのことが記されている。客よりも主人が最初に酔っぱらってしまい、帰路、駅まで送ってきた唐木は、道すがら、駅の改札口で大声でわめいていたという。なにを話したかは忘れたと書いているが、その風姿だけはいつまでも印象に残るものらしい。彼ら三人の酒は生涯、こうした友人同士の無茶苦茶なカラミ酒で続いている。と同時に、その当時から「唐木には隠者の風があった」と記録しているから、友人とは面白いものだ。唐木さんの生涯の形を直観的に言いあてているといえなくもない。

古田晁の酒

唐木順三という存在をつくった筑摩書房の創設者、古田晁を語るためには、古田の酒のこと、あるいは古田と酒のことを述べねばなるまい。

巷間、「チクマの古田がビール四十八本を呑んで無銭飲食で捕まった」といったゴシップは早くから世間に流布していた。また、太宰治と深かった古田は、いつも「呑みっましょ、呑みまっしょ、というだけで理屈は一切いわなかった」という話も、太宰治が入水心中をした事件と共に、流布していて、古田という出版人の一面を伝えていた。

のちには『火の車板前帖』（一九七六年、文化出版局、一九八九年、ちくま文庫）といった奇書も出て、詩人・草野心平が経営していた「火の車」で板前をやっていた橋本千代吉さんの文章が、古田晁の深酔、乱酔、泥酔ぶりを面白く証言している。

要するに、古田の酒は乱暴なハシゴ酒であり、通称、古田ストームとか、古田台風、古田旋風と呼ばれて、みんなから怖れられながらなつかしがられていた。

古田の行動は乱暴だったが、どこかやさしく男からも女からもなつかしがられた。不思議なことに、臼井や唐木とも呑んだようだが、むしろ二人とは関係ない、市井の人々と呑むことが多かったようである。

唐木が出社する日に会議があると、古田と唐木はいつのまにか会議を抜け出して、会社の近くにある「火の車」から始まって、二人でハシゴ酒だったらしい。しかし、その唐木も最後にはたまりかねて「もう酒をやめろ」といった絶交状のような手紙を書いている。その手紙が現在、塩尻市の古田記念館に展示してあるからオカシイ。

臼井も酒豪に近い酒呑みだったが、晩年には古田が正月に臼井家を訪ねたときなど、一滴も呑まなかったという。

ではなんで古田は狂ったように呑んだのか。彼は若いときは一滴も呑めなかったという、有名な話がある。古田夫人が毎晩おそくなる亭主を捕まえて、

——出版社ってそんなに酒を呑まないとやっていけないものなのですか。

——俺も最初は知らなかったが、どうもそういうものらしい。

と平然と答えたという。

筑摩書房を創設した昭和十五（一九四〇）年以降、会社が銀座の泰明小学校近くにあったから、もっとも早い銀座の常連だった。戦後は妻子を郷里に置いての独身生活で、銀座の事務所は焼けてしまって各地を転々としたが、出版社だから所詮、神保町近く、神保町のセレーヌというバーのマダムに惚れていたらしい。

——中学時代から知っている臼井よりも好きだよ。

と口説いたそうだから、でたらめも奥義を極めたらしい。

「火の車」を経営していた詩人草野心平も癖の強い男だが、古田晁をなつかしむ点では人後に

落ちず、古田の葬式のとき焼き場で、古田の骨をバリバリと噛んで食べたというから、古田への想いは尋常ではなかった。

また、古田晁は生涯、郷里への愛着が強く、生れ故郷の小野（現在塩尻市、もと筑摩《つくま》郡筑摩地村）に帰っても、子供のころの餓鬼大将を思い出すのか、町長や市長になった、かつての子分たちを集めて盛大に呑んだらしい。小野の駅前、古田の屋敷にも近い場所に「タイガー」という洋食屋があった。そこの主人の田中稔さんは小柄な実直な人柄で、この「タイガー」が宴会の主たる場所だったようだが、古田は田中さんを生涯、可愛いがった。

それは古田さんの息子たちが嫉妬するほどであったという。

立沢節郎さんという方がいる。やはり、東京の出版社に勤めた人で、定年後、郷里の小野に帰って先祖代々の神社の宮司の職を継いだ方である。偶々のご縁だが、私が塩尻市を訪れたとき、立沢さんの紹介で、この田中稔さんに「タイガー」でお会いすることができた。おそらく、改まった世界の人々には見せない古田さんの素顔がわかるかもしれない、という期待もあった。

——なんであんなに可愛いがってもらったのか、私にもよくわからんのですが。大分古田さんの借金がたまったので、請求書を出すと、東京まで借金を取りにこい、とおっしゃるんですよ。しょうがないので汽車に乗って筑摩書房に行きますと、借金は汽車賃を乗せてキチンと払ってくれましたが、それからまた酒ですよ。方々、引張り廻されて、最後は「その土地のことは女を抱けばわかる」などといわれて、無理やりそういう場所に連れていかれて置いてゆかれてしまいました。朝になってどう帰ってよいのかわからなくて困りました。何の恩返しもできませんでしたけれど、私は幸せでした。

田中さんはしみじみと語ってくれた。

田中さんは、酔っ払った古田さんをかついで東京への汽車に乗せたこともあるという。小柄な田中さんがどうしてあの巨漢の古田さんをかつぐことができたのか。その場の情景を想像するとおかしいが、やれやれやっと無事解放されたと思っていたら、いつのまにか汽車から抜け出した古田さんがまた戻ってきて呑んでいたというから、そのときには泣き出したいほどだったろう。

酔払いはひとに迷惑をかける。しかしその迷惑がみななつかしさに変るのも、古田さんの人徳というものだろう。

ただ、目茶苦茶に呑んで、古田晁が乱酔、泥酔したのは、筑摩書房の経営が巨額の借金——当時の金で七千五百万—八千万——を抱えて、ニッチもサッチもいかなくなったころのことらしい。『展望』を休刊した昭和二十六（一九五一）年から二十八（一九五三）年にかけてのことらしい。

社員の給料は未払い、原稿料の支払いもおくれにおくれ、寄稿家のなかには、「古田があんなに酒を飲むのなら、少しは原稿料に廻したらどうだ」と嫌味をいう人々もチラホラ現われたという。

社員はみんな女房に内職をやらせながらも黙って耐え、女房役の経理担当だった竹之内静雄は、とうとう高利貸しにまで頭を下げた。編集長を務めていた臼井吉見は、酔払って、会合の席上で寝込んでしまった古田晁の顔を眺めているうちに、ムラムラと腹が立ち、古田の枕を蹴とばして「絶交だ」と叫んで会社に出なくなったという。

古田はついに肝硬変の疑いで順天堂病院に入院してしまった。しかし、絶交だと叫んだ臼井吉見は、家にこもってこの窮地を脱出する九回裏の逆転劇を考えていた。『現代日本文学全集』全五十四巻の企画である。当時、角川源義の角川書店が『昭和日本文学全集』を刊行して大成功していた。角川書店はこれで、経営の基礎を築いたといわれる。

臼井吉見はおそらくこの『昭和日本文学全集』を見て「俺ならもっと完璧な近代日本を網羅した考証・解説のしっかりした全集をつくってみせる」という想いをかねて押え切れなかったのであろう。その想いがあったところに、筑摩を救う最後の博奕としてこの企画に賭けてみようという意欲が湧いてきたのだろう。入院した古田も即座に了承したという。もう他に手段のありようもなかったろう。

古田が深酒、乱酔、泥酔したのは、ある意味で古田の弱さであった。ただそこまで借金を抱えこんでしまっても、古田は出版社を起すという当初の決意を変えなかったし、臼井や唐木という友人への信頼を捨てなかった。もとはといえば、売れない雑誌『展望』をつくったのは臼井である。売れない本を企画したのも臼井、唐木がからんでいることが多かったろう。作家や学者の評価や鑑定について、臼井はよく〝ホンモノ、ニセモノ主義〟ということを語ったが、その真贋の評価について古田は唐木、臼井のいうことを信じつづけた。

臼井も、泥酔した古田に腹を立てながらも、友人を信じつづける古田に応えなければ、男がスタルと思ったのだろう。臼井は奮起して、『現代日本文学全集』の企画を進めた。残された時間は半年しかなかった。半年しかどうやってみても金繰りがつかない。倒産という具体的結末が迫っていたのである。

臼井・古田のコンビはその絶対的ピンチを乗り越えたのである。臼井編集長は古田社長の負託に応え、九回裏の逆転劇をみごとに実現したのであった。これが古田の人生のクライマックスであったろう。

古田は若い社員、編集者を掴えて、

――唐木と臼井とどちらが偉いと思う。

と尋ねたという。これはある意味で社員にとっては残酷な質問である。社長の友人で創業の同志を論評することは社員には言いづらく、返答に窮する質問であろう。この場合、社員が〝唐木さん〟と答えると機嫌がよかったというから、三人の関係も微妙なものだ。

もちろん、考えの深さに於いて唐木は臼井に優る。ただ、倒産寸前の筑摩書房を救った馬力と判断は臼井さんのものである。これによって筑摩書房は巨額の借金返済のメドが立ち、安定したドル箱を得て、そののち、ながく住みつくことになる神保町の社屋を手に入れることができた。

古田晁は「含羞の人」（野原一夫）といわれる。そして多くの文士、学者からその徳を慕われた。しかし、彼は自分を悪者にして事業を拡大することはできなかった。その意味で古田晁は事業家ではなかった。大学と等しい価値ある出版社をつくろうという、臼井吉見との共同の志を最後まで貫ぬき、三人は生涯、友情を貫ぬき、友人共同体としての筑摩書房という文化遺産を残したのである。

編集者、臼井吉見

唐木と古田はどこか風貌が似ている。眼が大きく面高な顔であり、どこか品位がある。それに比べると臼井吉見はギョロ眼で眼の大きい点は似ているが、鼻が横に開いていて、どこか愛嬌のある童顔である。

臼井吉見は中学時代、同人雑誌に不倫小説を書いた文学青年であった。そして晩年、『安曇野』という大河小説を書いた文士であった。基本にそうした文学志望があったのだが、臼井は中学校や女子大で教えた教師でもあった。それも、生徒・学生に慕われる教師であった。臼井はのちに『婦人公論』に「十五年目のエンマ帳」というルポルタージュを書いているが、女子大時代の教え子の十五年後の姿を描いていて、評判になった面白い記事であった。ほかにも学校問題を扱った文章も多い。臼井吉見の素質には教育者の面影があったと思う。若者たちへの愛情と教えることへの情熱と巧みさがあった。

筑摩書房で発揮された能力は編集者としての能力であった。しかし、臼井は編集者を越え、筑摩書房を越えて、ジャーナリスト、社会時評家として成長していった。そのきっかけとなったのは扇谷正造編集の『週刊朝日』の書評委員となったことである。

扇谷正造は、戦後、大部数の雑誌を成功させた男として、『文藝春秋』の池島信平、『暮しの手帖』の花森安治と共に、戦後日本の三人のジャーナリストといわれた人物で、また三人は三人の会をつくっていて、雑誌界のご意見番的役割をながく果たしたのであった。

この『週刊朝日』の書評委員には、大宅壮一、中野好夫、浦松佐美太郎、臼井吉見、門田勲など、癖の強い一騎当千の荒武者が揃っていて、この連中の集まりとして、毎週、書評委員会が開かれた。書評委員会といっても、最後は雑談となるのがこうした集まりの通例である。扇谷正造は、この書評委員会というより雑談会からサマザマなヒントを得、つねに自分の手帖に書き込んで、翌日、それを『週刊朝日』の編集テーマとして活用したという。伸びてゆく雑誌というものはそういうもので、周辺のサロンが生き生きとして、メンバー個人と編集相互に生命を吹きこんでゆくのである。

大宅壮一という存在は、最初のころから、偶像破壊的な裏目読みを得意とするジャーナリストであったが、晩年はマスコミの帝王といわれるほどの大物となった。彼が書いた『無思想人宣言』は、イデオロギーの終焉を大宅流に語ったモニュメンタルな文章だが、高度成長期の日本にうまく適合したのであろう。

この大宅壮一に対して、臼井吉見の個性はホメ屋としての役割だったといえるかもしれない。その代表的な例が五味川純平の『人間の条件』を『週刊朝日』のトップ記事で臼井吉見が絶賛したことである。それまで『人間の条件』は左翼の三一書房から出ていて、ポツポツ売れ出していたのだが、このトップ記事で爆発的売れゆきとなり、三一書房の経営の基礎が固まったという。

もちろん、それは扇谷正造が書評委員会での臼井吉見の感動した興奮ぶりを聞いていて、即座に書評欄ではなく、トップ記事にもっていった扇谷正造の慧眼と決断の賜物でもあったといえよう。

臼井吉見の新人発掘はじつに広範囲に及んでいる。それは改めて考察しよう。ともかく『週刊朝日』という大きなメディアに参加することで、それまでの『展望』で狭い高踏的な雑誌の編集者から、広い視野をもった社会時評家への道を臼井吉見は歩んだのであった。

その臼井吉見の『蛙のうた——ある編集者の回想』(一九六五年、筑摩書房)は、もと『読売新聞』、『朝日新聞』に連載されたものだが、編集者臼井吉見の初心を語った重厚な文章で、いまの私にはずっしりと面白い。

第一は、臼井吉見が明治・大正の文学に早くから精通しており、とくに斎藤茂吉に傾倒して短歌に対し、芭蕉研究を通して俳句に対する正確で緻密な読み手であったこと。万葉以降の国文学研究の学界地図にも明るく、筑摩書房の編集者として、京都、広島、九州にまで足を伸ばして執筆依頼を戦中に行なっていること、また東大国文科時代以来、同時代文学として中野重治に傾倒し、高見順などとも出会っていて、臼井自身、文士として文学史に片足を突っこんでいたことである。

その鑑賞力は繊細で、私小説作家の宇野浩二から渋川驍、上林暁までその理解力は行き届いていることである。

第二に、筑摩書房は昭和十五（一九四〇）年に設立されたが、戦時下、敗戦までの五年間に、よく作家、学者を訪問し、柳田国男や太宰治などを歴訪し、原稿依頼をし、すでに信頼関係をつくり出していることで、このために古田晁も臼井吉見と呼吸を合せて、よく歩いている。また作家や学者たちも、戦後に精力的に活躍した人々は、戦時下に着実に実力を貯え、業績を積み上げている人々だった。

臼井吉見は肉体的にも健康で、徴兵検査に甲種合格し、陸軍幹部候補生となり、少尉まで昇進しているが、彼は正統な愛国心をもっていたが、軍部の横暴に同調したことはなかった。臼井吉見の世代は、戦争の犠牲となった大正九―十（一九二〇―一）年生れの世代よりも年長で戦前に判断力の基礎をつくっていたことは重要である。

古田晁も、唐木、臼井と歩調を合わせ、戦時下に、戦争に関係ない良書をつくりつづけた。汽車で東京と松本を往復し、信州で戦災を免れた印刷所で原稿を印刷した。その途中、米機の機銃掃射で隣りの乗客が即死するといった危い経験もしている。

こうした営みは、戦争中はまったく、世相には浮かび上らないが、戦後の活躍で表に一挙に現われてくるのである。

第三に、臼井吉見は戦争直後、『展望』の「展望」というコラム欄に〝短歌への決別〟という一文を書いている。これがそののちに出た桑原武夫の〝第二芸術〟と一緒になって、歌壇、俳壇に大波瀾を捲きおこした。

一見、桑原武夫も臼井吉見も同じようにみえる。しかし、両者はその姿勢において、品位において、まったく別のものなのである。臼井は桑原武夫の世相を見下したような啓蒙家気取りが嫌いだったようで、その〝したり顔〟や嘲笑的態度を嫌悪している。

臼井は政治的立場に捉われない、「ホンモノ・ニセモノ主義」と称しているが、ともかくその直観的識別力と平衡感覚は抜群なものがあった。臼井吉見の社会時評が世から迎えられたことは、この直観力とバランス感覚のためであったが、その能力は戦中、戦後の編集の現場で鍛えられたのであった。

こうした直観と判断の在り方は、現在に至るまで私自身にも影響をあたえているような気がする——。

編集者、唐木順三

深瀬基寛・唐木順三の『往復書簡』が、二人が死に、古田晁も死んだのち、昭和五十八（一九八三）年に筑摩書房から発刊されている。発行人は布川角左衛門、筑摩書房が倒産したあと、布川さんが管財人として筑摩書房に関係されていたころである。そうした状況下でもこうした本を出していることは、筑摩書房の美徳の現われであろう。

深瀬基寛は高知出身の英文学者でT・S・エリオットの訳者として名高く、ドウソンやベルジャエフといった一九三〇年代、四〇年代にヨーロッパでもっとも深い影響力のあった思想家たちの翻訳でも知られている。

ながく、旧制三高の教授として学生にも親しまれた名物教授で、唐木順三と親しく、共に酒仙でもあった。その風格の点でいえば、一高の教授であった竹山道雄とも通ずるものがある。東大、京大の教授たちより、学生から慕われ親しまれていた点でも共通項がある。

唐木順三は、この深瀬基寛と一番ウマがあったらしい。京都と東京の間で厖大な量の書簡が手許にたまり最後まで保管してあったのも、両者がその交友を貴重なものと考えていたからだろう。二人とも脱俗的なところで一致し、酒が好きな点でも一致していた。生涯、あまり売れない本を書きつづけたという点でも似ていたかもしれない。

書簡は仕事としての翻訳の話、ヨーロッパ思想の現状についての問答であり、翻訳出版の是非が話題となっているが、それ以外はもっぱら酒の話、酒の仲間の話、「クマタカ」という居酒屋の話である。

唐木順三も古田もよく京都へ出かけて酒を呑んでいるが、二人とも趣味がうるさく、気の合わない人間とは絶対呑まなかったらしい。『往復書簡』の解説を書いている上田泰治は深瀬老と共に古田ストームを怖れながら待っていた風があり、唐木さんが来ると無条件に楽しかったらしい。

唐木と深瀬の仲は、十歳の距たりがあり、年齢的には深瀬（一八九五―一九六六）の方が上であるが、世間智では、編集という仕事の現場を知っている唐木の方が判断力があり、深瀬も唐木大兄と称してその判断を頼りにしていた風がある。その深瀬の言葉に「生涯教師稼業をやっていると世間が狭く」という自戒と嘆きのつぶやきがある。

このことは逆に学校以外に編集を通して出版の現場を踏んだ唐木の強さでもあったといえよう。編集は時の流れと共にあり、その流れの方向について判断または決断を要請される。そのことが唐木順三にある種の幅をあたえたといえよう。

しかし、唐木も文人ではあり、全力をつくしたが、やはり顧問、相談役といった立場以上ではありえなかったろう。臼井吉見のように阿修羅のように経営危機に臨んで中央突破をはかる馬力は臼井のもので唐木のものではなかった。

唐木・臼井・古田が一致して努力したのは柳田国男への接近であり、やがて全集を筑摩書房から出版するまでになった。

唐木の役割は京都学派哲学の流れを筑摩に導入し、歴史、哲学、文学の出版に思想的骨格をあたえることであった。和辻哲郎の『ニイチェ研究』『ゼエレン・キェルケゴオル』の新版を思いたち、それがきっかけで、和辻哲郎の戦後の力作『鎖国――日本の悲劇』を出し、田辺元の『政治哲学の急務』から『哲学入門』『実存と愛と実践』から遂には田辺元全集までは唐木なしに実現はしなかったろう。また鈴木成高『ヨーロッパの成立』、大島康正『時代区分の成立根拠』なども唐木の判断が加わった初期の仕事だろう。

しかし、唐木順三は著作家であり、戦中に『鷗外の精神』、戦後のスタートに当って『三木清』『現代史への試み』を筑摩書房から出している。やがて昭和二十六（一九五一）年、『展望』を休刊し、筑摩の経営危機が訪れるころ、唐木も金策まで心配しているが、同時に、ヨーロッパでのデカダンスに興味をもち、ダンディズム、デカダンス、ニヒリズムといった傾向と関連に興味を深め、やがて昭和二十七（一九五二）年には『詩とデカダンス』（創文社、フォルミカ選書）を公刊している。

創文社は友人の鈴木成高が顧問をしており、筑摩とは性格に共通したものをもつ出版社であった。この『詩とデカダンス』は唐木順三の生涯の方向を決めた大切な書物であった。唐木順三は筑摩の危機に際しても自らの著作活動を進めており、それ以外に彼の生き方もなかったろう。臼井吉見も古田晁もそれを当然のこととして受けとめ、脱俗的隠者を敬愛しつづけたのである。

昭和二十八（一九五三）年ごろであったか、大学時代、私は友人とはかってアントロポロジスト同人を結成しようとしたことがある。それは主として社会科学全盛時代に対して、社会学、社会科学より人間学が基礎であることを主張しようと考えての企てであった。

私は唐木さんに面会を求め、駿河台の明治大学に訪れた記憶がある。私がその話をすると、

――君い、ヒューマニズムはもう終りだよ。

と苦笑しながら、横を向いてしまわれた経験がある。その確乎たる姿勢に継穂を失って私は引き上げたのであるが、それにしても、本郷の正門に名文（？）を書いて張り出したのだが、同人に応募してきた学生は一人しかいなかった。学内の指導教官には林健太郎氏と思い、荻窪善福寺の林さんのお宅を尋ねると、洒落た和服姿の林さんは――アントロポロジスト？　まあいいでしょう、と引き受けて下さったのだが、結局、不発で終ってしまった。

ヒューマニズムから宗教的世界観へ、という方向は、深瀬さんとの往復書簡にも見られるように、戦中の一九三〇年代から、唐木さんの傾向でもあったろう。しかし、戦争が終り、世がデモクラシーと近代化のスローガン一色であったとき、丸山眞男や大塚久雄を頂点とする近代化論が学生・知識人の大勢を占めていた中で、一旦は『三木清』や『現代史への試み』で、同時代的模索を始めていた唐木順三が、反転して中世へ回帰してしまったのはなぜなのか。

私は『詩とデカダンス』がフォルミカ選書として発刊されたときに読み、他の書物では得られなかった新鮮な感動を覚えたのであった。もちろん若かった私には全面的共感ではなかったが、こうした見方にも捨てがたい魅力を覚えたのであった。多くの学友たちが、運動に飛びこんでゆくなかで、

――俺か、俺は態度保留だ。

とうそぶいていた。少しあとの世代では、猶予の時間とか、「見る前に跳べ」に対して、「跳ぶ前に見よ」だとか、洒落た表現が流行ったのであった。

『往復書簡』に還ろう。昭和二十四(一九四九)年七月号の「展望」欄が、書簡の間に挿入されている。

唐木さんは〝深瀬基寛様〟といふ手紙形式でコラムを書き始めている。当時、深瀬基寛は『エリオットの芸術論』を出版したばかりで、唐木の文章はその書物への感想と批評ともなっているのである。

——問題は、いまの我々が、どうしても考へなければすまされない性質のもののやうに思ふのです。それは結局、伝統といふえたいの知れない問題です。思潮が思潮として、イデオロギイとして受取られるかぎり、それはインタナショナルなものでありませう。よく思想に国境なしなどといわれました。さういふものは、実は解りやすくもあり、伝説化されもしてゐて、こはくもないのですが、思潮もイデオロギイも、もとは、どこかの誰かが言ひだしたり、書いたりしたものに違ひないわけで、さういふことを考へると恐ろしくなります。どこかの誰かは決して伝統から自由ではありえない。意識しようとしまいと、無視してからうと否とにかかはらず自由ではない。早い話が、誰でも、その国の言葉で考へたり、話したり、書いたりしなければならないわけですから、しかもその言葉といふのが、ひどく伝統的なものですから、決してその意味でも自由どころではないのです。

——伝統は汝であって、彼ではない。ところで汝としての伝統とは一体なんでせうか。

——伝統をもつがモラルの正統といふものを経験したことのない日本文芸の場合では、伝統そのもののどこか一点に正統を探し出さうとする空しい努力によって古典なるものが比較的容易に樹立せられ、一方においてそれを信じない人々は比較的容易に単なる相対主義に陥り、かくして日本の文芸は西洋の近代文芸の場合とも甚だ異なる境位に立つものと思ふ。（深瀬）

——伝統と正統の、この二つのものの協力のなかに感情と思想との和解があるといふところへ、絶望的に帰ってきて、しかもやすらへないのです。（唐木）

——アーノルド以来、詩と批評が分離してしまひ、教養が根源から離れた分別的悟性にをちて、自意識的な知性になってしまったことを知りました。伝統喪失から来るアナアキイは世界的風潮であるといってもよいわけでせうが、（後略）

——では私たちは一体どうすればよいのか、といふ絶望的な問ひには、あなたから教へられて感情の再組織と答へるよりほかはないと思ひます。啓蒙とは、歴史的な意味では理性による啓蒙でありました。さうして啓蒙の申し子である個人主義と自由主義、対象論理とメカニズムの果に、反って虚無を露呈してしまひました。感情と思想の分離に現代の悲喜劇があるとすれば、おき忘れられた感性に目をつけざるを得ません。

——私はデカルト以来理性によって統制されてきた情念を、もう一度解放できたらとも思ひます。受身が単に身体の傾動といふだけのものでなく、何か根源からの呼び声によって呼

びさまされるといふ意味での受身として考へてみたいわけです。（中略）
伝統とは実にこちらの緊張によってのみ声となってあらはれるものではないでせうか。

読者はこの晦渋な二人の対話を難しく考えることはない。T・S・エリオットによって、伝統の問題を考えたのは、深瀬や唐木だけではなく、福田恆存もそうであった。伝統と正統といえば、現在では新保祐司君が称えている主張と共鳴する面もあるだろう。

感情と思想の問題は、唐木順三も敬愛した三木清がパトスとロゴスの問題として繰り返し、書いてきた主題である。要するに、こうした次元から考えれば、第二次大戦を経過して、アメリカン・デモクラシーのおかげで、近代化論がさまざまに称えられたが、ヒューマニズムから宗教的世界観へという現代史の課題は変らなかったということであり、第一次大戦を経験してニヒリズムに陥ったヨーロッパの境地に、日本も第二次大戦の結果、入っていったとも見られる。

戦後日本の思想史ではこの問題は表層に浮かび上ってこなかった。日本人は高度成長と豊かな社会に浮かれていたからである。しかし、こうした認識がまったく孤立していたわけではない。

唐木や深瀬の友人であった西谷啓治が、名著『ニヒリズム』を公刊したのは昭和二十四（一九四九）年のことである。当時、学生であった私たちの世代でも「あれは名著だよ」と話題になっていた書物である。

こうしたニヒリズムへの実感は、混乱した今日の日本で初めて味わえることかもしれない（！）。この人間世界を合理的に説明しうる思想、思考はあるのか。これは出発点での難問である。しかしこうした問いを前にすれば唐木順三や深瀬基寛のような隠者、酒仙のつぶやきが身近なものとして響いてこないだろうか。唐木順三の問いと歩みをみずからの問題として歩んでみることも私には無駄とは思えない。いや、無駄であり、無用であってもよい、というのが私の気分である。はるかな旅を楽しみたいと思う。

第二章　京都大学哲学科の物語

「日本文化史上の壮観であり、哲学科、史学科共に、日本の天才たちが蝟集していたといえるかもしれない。」

唐木順三『三木清』

深田康算教授のつぶやき——創設者たち

——あの優秀な学生はどこへ行ってしまったのですかねえ。

深田康算《ふかだやすかず》教授は、唐木順三の卒論を読んだ審査委員のひとりであった。その深田康算が唐木順三の卒論に感心し、その才能を惜しんだという。唐木の卒論はベルグソンに触発された時間論であった。

唐木が教授たちに強烈な印象を与えながら教授たちの前から消え、京都を去ってしまったのは何故なのか。これは唐木順三を考える上で面白い問題だが、結論づけるだけの資料はいまの私の手許にはない。

同輩たちのポスト争いに嫌気がさしたのか、差し迫った自活の必要があったのか。あるいはモノを書くことができればそれでよいという文士としての心意気があったのか。これから唐木順三を追ってゆく過程で、その辺の事情もおのずと浮かび上ってくることだろう。

ここでは唐木の才能を惜しんだ深田康算について触れておきたい。深田康算は、一九二七年、五十歳の若さで亡くなり、生前には著作もなかった存在だけに、今日知る人も少なくなっている。しかし京都大学哲学科を考える上で欠かすことのできない貴重な存在である。

＊

深田康算は一八七八年、山形市で生れているが、父が東京府の士族であり、官吏として各地を転々としたようで、宇都宮の小学校から埼玉県の師範附属小学校に移り、中学は東京の高師附属中学で過ごし、第二高等学校に無試験で入学し、一八九九年、東大文科大学哲学科へ入学、かのケーベルに師事している。一九〇二年には大学院に入学、神田駿河台のケーベル宅に寄寓し、以後、留学までの五年間起居を共にしたという。

どうも生涯を独身で通したケーベルには、美少年趣味があったらしく、のちの久保勉は墓地まで一緒で、雑司ヶ谷墓地のケーベルの墓の真近に久保勉の墓がつつましく建てられているが、深田康算の場合にもおそらく同様のことが想像される。

しかし、ソクラテス以来、美少年趣味はきわめて精神性の高いものであり、ホモだとかゲイだとか揶揄の対象となったのは、現代の風俗化の影響で、私の感じでは三島由紀夫の『禁色』以来ではないかと思う。

ともあれ、深田康算はケーベルの秘蔵弟子として、美学者としての道を歩み出す。五年後、一九〇七年、ケーベルに欧州留学と婚約を告げてケーベル宅を辞している。ケーベルは「留学のことはいずれと予期していたが」と微妙な言葉を残している。

一九一〇年十月、独、仏の留学から帰国した深田は十一月に結婚し、京都市寺町頭に住み、京都帝大文科大学教授に任じ、美学美術史講座の担任となる。

これは西田幾多郎が学習院教授から京大に移り、倫理学担当の助教授に任命されたのと同年である。西田が教授に任命されるのは、三年後の一九一三年（宗教学講座担任）。これは史学科の内藤湖南と同様の処置で、選科卒業だったため、昇任がおくれたのだろう。

一九一七年には、波多野精一が早稲田大学から京大に移ってくるが、これは桑木《くわき》厳翼《げんよく》が京大から東大に移ったための処置である。西田がそのあとに廻り、宗教学講座の空席を波多野が埋めることになる。この波多野精一の招聘にもっとも熱心だったのが、同じケーベル門下の深田康算であり、その積極的賛同者が、朝永《ともなが》三十郎《さんじゅうろう》と西田幾多郎であったという（朝永三十郎「波多野博士の思い出――早稲田から京都へ転任のこと」『追憶の波多野精一先生』玉川大学出版部、一九七〇年）。

西田幾多郎が『善の研究』（弘道館、一九一一年）というベストセラーで読書界で著名人であったとすれば、波多野精一も『西洋哲学史要』（大日本図書、一九〇一年）『基督教の起源』（警醒社、一九〇八年）、という名著を公刊していた著名人であった。波多野精一こそケーベルの学風を継いだギリシア古典に精通したもっとも正統派だったのである。

こうして哲学の〝京都学派〟を形成する主要な人材が揃ったことになる。西田幾多郎（一八七〇年生)、朝永三十郎(一八七一年生)、波多野精一(一八七七年生)、深田康算(一八七八年生)という構成である。

このうち、西田幾多郎と波多野精一は独創的なみずからの思想体系を樹立することになる(これの検討はのちに譲る)が、朝永三十郎と深田康算は西洋哲学と哲学史の受容に熱心ですぐれた才幹を示したが、みずからの主張、思想体系の樹立には消極的であった。これは性格的なものでもあろうが、それでも朝永三十郎の場合は、有名な『近世に於ける「我」の自覚史』(東京寶文館、一九一六年)を公刊して、学生、知識人の間にながく親しまれてきた。他にも『デカート』(岩波書店、一九二五年)『ルネッサンスおよび先カントの哲学』(岩波書店、一九四九年)という哲学史的著作がある。

それに比べると深田康算は生前に一冊の本もなかったという抑制的態度に徹しており、自らを『アミエルの日記』に仮託してその心境を語っているといわれる。深く酒を愛し、五十歳でなくなっている。ただ、著書はなかったが、美学及び芸術批評に関しての論文は多数執筆しており、T・リップスの感情移入の説も深田康算の紹介が最初らしい。晩年はカントの『判断力批判』の徹底した研究に入っていたというから、もし、天寿を完うして時間が与えられれば、みずからも満足のゆく書物は一冊、もしくは数冊は公刊したのではなかったろうか。

天才的ひらめきのある都会人にして、時としてある型《タイプ》であるかもしれない。その深田康算が、

西田幾多郎を評して、

——あの人は動物的精気のある人ですね。

と短く語ったという。味わいのある言葉である。

のち二十歳年下の河野与一によって訳された『アミエルの日記』(全八冊、岩波文庫、一九三五―四五年)は、ある時期、日本の読書界でも評判になったものである。深田康算は死の前年、京大新聞に寄せた「アミエルの日記の一節」という文章には、深田自身の訳と思われる文章で、アミエルの日記の気分が伝えられている。スイスのジュネーヴ大学で美学を講じたといわれるH・アミエル(一八二一―一八八一)の日記の断片をここに記しておこう。明治維新で西欧文明に触れ、文明開化に邁進した日本人は、六十年にしてこうした懐疑的知識人を生んでいるのである。

——私の昔の友達等は恐らく私に対して不満を感じてゐることだらう。私が何の仕事も仕上げず彼等の期待を裏切り彼等の希望を満たさぬことは彼等はたしかに不満足に思ってゐるのである。私自身だっても亦不満を感じてゐるのだ。しかし心の底から私に自信を与へて呉れる所のものを私には捉へることが出来ない。（略）希望なんかもない、気力なんかもない、確信なんかもなく決心なんかもありはしない。私は唯絶望的憂鬱と退嬰的静寂との間を去来してゐる許りである。（略）私自身の個性、私自身の能力及び私自身の意志をば私は自ら高く買ふことはできない。私は美しきもの気高きものゝ名に於て常に私自身をば見下してゐる。（略）私は、私自身の中に自己を永遠に嘲罵する所の者を抱へてゐる——。

＊

私はこの文章を一九四八年刊のアテネ文庫から引用している。それは『美しき魂』という表題で、深田康算を惜しんで刊行されたものであるが、私自身、いままで書棚の片隅に保存してあったのは、私も深田康算という存在が気になって捨て切れずにいたのだろう。

＊年譜は『深田康算全集』第三巻（玉川大学出版局、一九七二年）による。貸与いただいた竹田篤司氏に御礼申し上げたい。

気鋭の新人たち

こうして哲学科の創設者たちが揃ったのち、創設者、とくに西田幾多郎は、田辺元、和辻哲郎という気鋭の新人を京大に招くことに腐心する。

田辺元（一八八五年生）が京大助教授となるのが一九一九年八月、それまで東北大学にあって数理哲学の研究で業績をあげつつあった田辺元を、西田は早くから注目していた。西田自身が数学に進むべきか哲学に進むべきか迷った経験をもっている。田辺の仕事に独特の勘が働いたのであろう。

和辻哲郎（一八八九年生）の場合、友人の人妻との恋愛事件に巻きこまれ、停学処分にあったため優秀な成績にも拘らず、大学に残ることができず私大の講師を務めながら夏目漱石に傾倒し谷崎潤一郎と、『新思潮』を発刊し、翻訳や批評、劇作や小説にまで手を拡げ、文壇の人として出発した感があったが、やはり哲学への志向を捨て切れず、『ニイチェ研究』（内田老鶴圃、一九一三年）、『ゼエレン・キエルケゴール』（内田老鶴圃、一九一五年）、という日本で最初の二人の哲学者の体系的紹介者となった。

しかし和辻哲郎は『古寺巡礼』（岩波書店、一九一九年）に始まる日本文化研究、「日本人とはそもそも何者であるか」という問いを抱きはじめ、以後、日本歴史の文化史、精神史の研究を哲学研究と並行して続けることになる。

こうしたけんらんたるジャーナリスティクな才能に眼をつけたのも西田の眼力といえよう。和辻哲郎のかなりわがままな条件のすべてを許容した上で、倫理学担当の助教授として京大に招聘したのである（一九二五年）。

やがて、和辻や天野貞祐の一高での同級であり、天才的能力で注目されながら、パリに留学してなかなか帰国しなかった九鬼周造（一八八八年生）を招聘することになるが、これは旧友たちが熱心でありながら、田辺元などは、九鬼周造の言行を聞いて、「それでは道楽者の哲学ではないか」と反対したというゴシップがある。真偽は明らかではないが、この場合も西田、朝永などの判断が利いたのだろう。九鬼周造は哲学史の担当として、一九三三年助教授の位置を得ることになる。

花盛りの哲学科――学生たち

唐木順三が信州の松本高校からひとり京大哲学科にすすんだのは一九二四年のこと。「西田幾多郎に魅かれて」という理由であった。

一九一七年、三木清も「西田幾多郎の人物に魅かれて」一高から京大哲学科にはいったし、そのあと一高の後輩が谷川徹三、林達夫、戸坂潤、小田秀人、三土興三と続いているから、ひとつの風潮を形成していて、そこへ唐木順三も参加したといった方が正確かもしれない。それはまさに「日本文化史上の壮観であり、哲学科、史学科共に、日本の天才たちが蝟集していたといえるかもしれない。」（唐木順三、『三木清』）。

竹田篤司の『物語「京都学派」』（中央公論新社、二〇〇一年）によれば、停年間近の西田幾多郎の講義が行われた階段教室には、学生だけでなく、助教授の田辺元や和辻哲郎、また卒業してさまざまな立場にあった若い卒業生たちがぎっしり詰っていたという（七〇―一頁）。

こうした熱気は西田の周辺以外には考えられないだろう。西田幾多郎にはその思想内容を越えて人間に、とくに青年学徒を魅する何ものかが備わっていたのだろう。

上田閑照《うえだしずてる》は『西田幾多郎――人間の生涯ということ』（今日では『西田幾多郎とは誰か』（岩波現代文庫、二〇〇二年）と改題）のなかで、瑞々しいまでの文体でその魅力の秘密を語っている。一九四五年、一高から京大哲学科に赴き、西谷啓治に師事した上田は西田幾多郎には直接会っていない。むしろそれは歴史家としての客観的叙述なのである。ただ、戦後の西田哲学批判、京都学派の追放さらにアンティ・哲学の風潮のなかで青春を過ごした私たちの世代などは、西田幾多郎の復活に感慨なきを得ない――。

そうした変遷のなかで、唐木順三は最後まで動ずることのない西田への崇拝者でありつづけている。そのこともまた、唐木の反時代的姿勢を形造った一因であったかもしれない。『西田幾多郎遺墨集』（燈影舎、一九七八年）についで『西田幾多郎の書』（燈影舎、一九八七年）という門弟たちの書いた書物がある。門下生たちの西田幾多郎への愛着の深さがわかる。

ともあれ、唐木順三の眼に映じた京都大学哲学科は、最盛期の壮観を呈していた哲学科であり、やがて西田哲学と称せられ、京都学派と謳われた西田・田辺に直接、接した世代が自らの思想を形成してゆく時期を経験したことになる。

のちに『中央公論』誌上で、「世界史的立場と日本」という座談会に出席し、大東亜戦争を理論的に基礎付けたとされ、戦後、京大を追われることになる所謂〝京都学派〟の四人は、唐木順三と同世代、しかも、日本各地の高校から京大哲学を目指した秀才たちである。

高坂正顕（四高）一九〇〇―一九六九
高山岩男（山形高校）一九〇五―一九九三
西谷啓治（一高）一九〇〇―一九九〇
鈴木成高（高知高校）一九〇七―一九八八

簡単に要約すると、京都大学哲学科は、日露戦争後に創設され、大正時代、日本の市民社会がもっとも自由を享受した時期にそれぞれの学問体系を形成し、関東大震災後の不安の時代に、三木清や戸坂潤という急進的左翼を生み出し、第二次大戦に至る戦争の時代に戦争のなかに理論的筋道を見出そうとした高坂・高山・西谷・鈴木といった〝世界史の哲学グループ〟を生んだといえよう。

こうしたドラマの全体については後に譲るとして、唐木順三は、京都から去ることで、時代の波にさらされることなく、市井の隠者として過ごすことができた。このことが、唐木順三を戦後の思想家としたともいえよう。

長野の小学校、満洲の専門学校、成田の女学校と、小、中、専、学校を転々としながら、芥川に始まり、鷗外に至る日本の近代文学、というより、同時代文学を丹念に読み、その文学史、精神史に、彼なりの解答を出していったのである。

この間、唐木に『思想』を紹介して処女作の芥川論を書かせ、満洲の専門学校という職を世話したのは三木清であった。三木清は、人妻との恋愛事件というスキャンダルのために、けんらんたる才能にも拘らず京大に地位を得られず、東京の法政大学に職を得て、ジャーナリズムに生きることになる。

三木清は生涯スキャンダルにつきまとわれたが、同時に友人・後輩の面倒見のよい、矛盾に満ちた、豊かな感受性の人間だった。

＊友人の林達夫は、三木のウカツでお人好しの無用心さを愛情をこめながら、揶揄的に描写している。

長野・満洲・成田——模索の時代

唐木順三は後年、「自分は哲学の落第生だ」と語っていたという。西田幾多郎に魅かれ、哲学科の最盛期に学生時代を過ごし、ベルグソンの時間論を主題にすぐれた卒業論文を書きながら、なぜ唐木は哲学をはなれ、京都を去ったのか。

ともかく、唐木は郷里の信州に帰って小学校の教師をしばらく務めている。そうしたなかで、のちに『現代日本文学序説』（春陽堂、一九三二年）や『近代日本文学の展開』（黄河書院、一九三九年）に収められることになる、文学論、文学史論を書き進めることになる。

処女作は芥川龍之介論であるが、昭和初頭の芥川の自殺が如何に大きな事件だったか。文学史のみならず、文化史・社会史上の事件として、世人の胸底に浸透したのである。それは戦後の太宰治の情死事件、三島由紀夫の割腹事件以上に深刻だったといえるかもしれない。有名なのは宮本顕治の芥川の自殺を論じた「敗北の文学」が小林秀雄の「様々なる意匠」を抜いて『改造』の懸賞論文の当選作となったことであるが、少しのちの世代の福田恆存も芥川論を初期に書いている。

唐木の芥川論は一九二九年九月、三木清の紹介で『思想』に発表された。原題は「芥川龍之介の思想史上における位置」また後半は同年十一月の『生活者』に「芥川龍之介に於ける人間の研究」という題で発表された。

この「芥川龍之介に於ける人間の研究」は唐木自身が明白に述べているように、三木清の『パスカルに於ける人間の研究』に倣って、その手法を真似て書かれたものである。先輩、三木清の影響がいかに強烈だったかを証明している。三木清も唐木順三も、大正の市民社会、内面への志向、自由主義、民本主義への昂揚が終り、関東大震災と共に、不安の時代、不況から世界恐慌への気分を青春時代に体一杯に吸いこんだ世代である。

そして一九一七年のロシア革命が精神的地震のように日本にも襲いかかり、非合法の日本共産党が結成され、学生たちは、新人会やセツルメントを通して社会主義に傾斜し、山川均の「煩悶するデモクラシー」や「労働運動の方向転換」が読書階級に新時代の到来を告げ、全国の大学、高校、専門学校にはより急進化し、共産党細胞に加入する急進学生が伝染病のように増大していった。

芥川の自殺は、まさにそうした雰囲気の中での出来事であり、田中義一内閣の、三千人という学生の大量検挙と同時期であった。また唐木順三の大学卒業もそうした雰囲気のなかでのことである。

処女作芥川論を含む『現代日本文学序説』は、平野謙を感心させた骨格のしっかりした日本文学史の体系的著作であるが、やはり今日から眺めると、若書きの習作といった感は否めない。唐木は、それから七年して二冊目の『近代日本文学の展開』を公刊しているが、これも『序説』の延長上の仕事で、やはり明治以来の文学の主題と作家への概括的検討であって、今日からはとくに注目すべき作品ではあるまい。

ただ、その最後の作家論が、同時代の横光利一、小林秀雄、島木健作を選んでいることである。そのなかで、小林秀雄の生き方、仕事の仕方を批評して、小林の中の批評家と作家が互いに邪魔し合っていることを指摘している点が面白い。

——私は氏が、何故に独語のみを書き、対話を書かないかを怪しむ。批評から創作への橋は、そこにあるのではないか。批評家としての氏の筆には作家魂が邪魔をしてゐる。作家としての氏の筆は批評家根性によつて伸びてゐない。この二つの心に氏の混沌の原因があると思はれる。

この指摘は初期の小林秀雄について鋭い。ちなみに、唐木は批評文としては「様々な意匠」と「マルクスの悟達」。作家の文章としては「オフェリア遺文」、「Xへの手紙」を引用している。唐木順三はこのあと『鷗外の精神』(筑摩書房、一九四三年)で、みずからの精神史的方法を確立したといわれる。唐木の近代日本文学観は、この鷗外論とあわせて考察する方が適当であろう。それよりも、こうした文学史の体系的理解への習作を試みながら、唐木順三は三木清の世話で満洲の教育専門学校に赴き、さらに一九三五年には帰国して、千葉県の成田山の経営する女学校に勤めることになる。

この間、京都を離れながら、ほんの一時を除き東京にも住んでいない。唐木順三の模索時代はどうも中心を警戒し、中心を遠巻きにしながら、周辺、あるいは辺境から世相やジャーナリズムを眺めていた感が強い。

唐木順三が東京に踏みこむのは、一九四〇年、筑摩書房の設立に合わせてであり、それも友人の引きで、法政第二中学への奉職と合せてのことであった。

受　難――西田幾多郎と京都学派の秀才たち

二〇〇一年十二月、大橋良介氏の『京都学派と日本海軍』（ＰＨＰ新書）が公刊された。『戦争協力』の汚名を濯ぐ！」という帯の謳い文句にもあるように、この書物は戦後、西田幾多郎への批判、弾劾、『中央公論』誌上で「世界史的立場と日本」という有名な座談会に出席し、大東亜戦争を意義付けたものとして、戦後、公職追放処分を受け、京大を追われた四人の教授たち、高坂正顕、高山岩男、西谷啓治、鈴木成高たちへの半世紀をすぎた今日からの弁明と擁護の書物である。

この『京都学派と日本海軍』は、二〇〇一年公刊された竹田篤司氏の『物語「京都学派」』と共に、西田幾多郎と京都学派の再検討、再評価を促す気運を醸成した点で、大きな意味をもっている。

二冊とも、新しい資料の発見に基く実証性を伴っていることも説得力を増している。竹田篤司氏は京都学派でもっとも長寿であった下村寅太郎氏の直弟子で、下村氏の死後、書斎・書庫に眠っていたメモ、書簡を駆使して書き、大橋良介の場合、大島康正氏の書斎に眠っていた海軍関係のメモの発見に始まっている。

かつて、『中央公論』に在籍し、京都学派の戦争責任について、それを掲載したメディアである『中央公論』の戦争責任について考えざるを得なかった私としては、この二著の出現は感無量なものがある。

田辺元の最後の弟子であった大島康正氏が京都から東京に移られて、教育大学教授になられたところ、東大法学部の学生であった私は、『時代区分の成立根拠』（筑摩書房、一九四九年）という大島康正氏の処女作に感動していて、成城のお宅まで訪ねたものであった。大島康正氏が大泉学園に住いを移され、私が中央公論編集部に入ってからも関係は持続し、こちらの期待するようなものは書いて頂けなかったが、一九六五年「大東亜戦争と京都学派」を書いていただいたのはかなり強引な私の要請からであった。

同時にこの時には、ついに実現しなかったもう一つの企画があった。それは高山岩男氏に「私の戦争責任」を書いてもらうことであった。親しくしていた鈴木成高氏にも同席して頂いて、中央公論の七階のプルニエで高山岩男氏に二時間ほど食い下ったのだが、のちに、「私は二度と総合雑誌に書く気持がないので」という丁重な毛筆の断りの手紙を頂いた。

やはり、こうしたデリケートな問題は、後の世代が、客観的に、実証的に論ずるのが正解だったかもしれないといまにして思う。

＊

しかし、改めて、一九三〇年代、あるいは昭和十年代に還って、西田幾多郎と京都学派の人々の心境と立場を考えてみると、たいへん難しい立場に追いこまれていったことがよくわかる。

西田幾多郎にとっては、時の人であった近衛文麿は京大での身元引受人であった。『日本文化の問題』（岩波新書、一九四〇年）でポピュラーな形で日本文化について語ったように、歴史哲学と世界史は、西田哲学の中心命題のひとつとなりつつあった。

また、京都学派の四人の人々も、歴史哲学、世界史の理論を問題としつつあった。高坂正顕『歴史的世界』（岩波書店、一九三七年）『神話』（岩波書店、一九四〇年）、高山岩男『世界史の哲学』（岩波書店、一九四二年）、西谷啓治『世界観と国家観』（弘文堂、一九四一年）、鈴木成高『ランケと世界史学』（弘文堂教養文庫、一九三九年）『歴史的国家の理念』（弘文堂、一九四一年）。

こうした問題意識をもつ人々が言論人として世界とアジアと日本の動向について現実的にどう認識し判断するかを問われるのは、半ば必然的であった。

四人の「世界史的立場と日本」という発言は一九四一年十一月、まさに大東亜戦争勃発の直前に行なわれ、そのあと、戦争が始まってから「大東亜戦争の歴史性と倫理性」「総力戦の哲学」と二回のシンポジウムが開かれたのである。

一見、戦争協力と戦争責任というレッテルは当然のように見える。しかし、大橋良介氏が情熱をこめて擁護しているように、京都学派の狙いは、海軍の良識派（高木惣吉）と組んで陸軍の暴走を食い止めること、日米開戦を回避することにあった。秘密裡に行われていた会合のなかから、四人を選んで『中央公論』誌上に登場させたのは、編集部がその会合を嗅ぎつけていたのかもしれないし、高山岩男氏あたりが『中央公論』編集部に親しい編集者をもっていたのかもしれない。

第二、第三のシンポジウムは、戦争が始まってしまったからには少しでも歴史的に筋を通し、現代の全面戦争の性格を国民に理解してもらおうという趣旨であったろう。

＊

大橋良介氏の弁明と擁護が、ひとりよがりのものでないことを傍証するために、私の聞いた、雑誌ジャーナリズムの先輩、池島信平さんの直話を記しておこう。

——電車の中釣りでよう、京都学派の世界史的立場と日本が巻頭で、島崎藤村の「東方の門」が巻末の創作欄を飾っている、『中央公論』の広告を見たとき、俺たちは本当にうらやましく思ったもんだよ。中央公論社は本当にリベラルだったんで、うち（文藝春秋社）なんかは皇道哲学を振り廻す右翼が威張っていて情けないもんだったよ。

池島さんのしみじみとした述懐であった。池島さんはやがて満洲に逃げ出し、さらに満洲の現地で強い反日感情を目の当たりにし、もう「日本は敗ける」と判断して内地に逃げ帰るという機敏な判断力と行動力をもったジャーナリストであった。

*

それにしても、その認識と判断を問われた京都学派の人々は四十歳代から三十歳代という若さであった。京都大学教授、あるいは思想界をリードする京都学派という肩書が、あるいはイメージが、そうした社会の問いに答える責任を生じさせたのであった。

そしてその一回の発言が、公職追放というきびしい結果を招来した。四人の人々は一言の弁明もなく、そしてまた転向もなく、運命に従った。いまにして思えば、追放の大合唱に和した人々が招いたものは、哲学の退潮とマルクス主義の暴威であった。

高坂正顕氏と西谷啓治氏は、追放解除後、京大に復帰したが、高山岩男、鈴木成高氏は戻らなかった。明治以来、大学教授の発言はさまざまな社会的事件となり、迫害の対象ともなったが、京都学派のようなドラスティックな運命は他にない。それは日本の思想的学問的な損失であったといえよう。

同時に、大学教授の発言はそれだけの責任を伴い、時として職を賭することになることを歴史は教えている。

西田幾多郎自身も、海軍の高木惣吉、陸軍に近かった国策研究会の矢次一夫などに接近されて、「世界新秩序の原理」という一文を書かされている。その経緯については大橋良介氏の書物に詳述されている。

ともかく、西田幾多郎は、一九三〇年代、日本の哲学界、思想界のシンボルとなっていたのであり、さまざまな勢力がそのシンボルを奪取しようとしたことは当然だったといえるかもしれない。

この点は西田幾多郎と「世界史的立場」の四人に限らない。昭和初期、マルクス主義に接近し、羽仁五郎や林達夫などと共同執筆もした（『社会史的思想史』）三木清の場合も例外ではなかった。

近衛新体制がもてはやされたころ、近衛のブレーンの一人だった後藤隆之助がつくっていた昭和研究会に、三木清は政治学の蝋山政道やジャーナリストの笠信太郎と共に参加している。そこでつくられた「新日本の思想原理」は三木清の執筆になるといわれている。

政党政治が腐敗して軍部や右翼の憤激を買い、五・一五事件、二・二六事件で息の根を止められて以降、近衛の登場は国民の各層から期待され、右翼も左翼も近衛新体制の周辺に集まったのであった。この点は満鉄の調査部と似ている点があった。

西田も弟子たちも同様な立場に立たされていたのである。この点は京大の史学科も似た状況にあったが、哲学と史学の違いもあって史学科の人々はあまり目立たず、哲学科の人々は華やかに映ったのである。

＊

しかし、こうした立場の人々だけではなかったことも、この際、語っておく必要があるだろう。戦後、学生時代から親しくさせて頂いた鈴木成高氏の直話である。鈴木成高氏は史学科の小島祐馬《おじますけま》氏と同郷の高知出身であり、また小島氏の息女と結婚していたので、小島祐馬は義父の立場にあった。

――いやあ、あの座談会に出たことを、小島のおやじに怒られてね。お前たちはなんと馬鹿なことをするんだ、とね。

鈴木さんは、その昔語りをむしろなつかしむかのように笑った。そこには波乱の幾歳月を越えた悟りのようなものが感じられた。

小島祐馬は河上肇がもっとも信頼した友人であり、内藤湖南といつも時局のこと、国際問題、政治問題、支那問題を語り合う間柄であり、中国古代の政治思想、社会思想を専攻したが、その学殖は近・現代に及び、戦後には『中国の革命思想・(附)中国共産党』(弘文堂、一九五〇年、筑摩叢書、一九六七年)を現わし、毛沢東の新中国礼賛の日本の若い知識人を痛烈に批判して物議をかもした。

小島さんは一八七八年生まれ、吉田茂とは同郷、同年である。これは高知の郊外に小島先生を萩原延寿《はぎわらのぶとし》氏と一緒に訪ねたときに、私が伺った直話であるが、

——わたしは近代日本では政治家としては、大久保利通と原敬を高く評価していたが、最近では、ひょっとすると吉田もこの二人と同列に考えてもよいかもしれない、と思うようになった。

一九六二年ころのことである。このことは戦前の日本での自由主義路線を高く評価していたことを意味するだろう。昭和期の自由主義は外交官の吉田茂、学者の河合栄治郎、ジャーナリストの石橋湛山に代表される。

しかし、こうした自由主義者たちは近衛体制が形成される以前に弾圧、抑圧の対象となり、過去の存在として葬られかけており、オールド・リベラリストとして冷笑の対象となっていた

のである。自由主義の凋落は、政党政治の凋落と軌を一にしていた。

近衛文磨とその周辺も、西田幾多郎と京都学派も、自由主義に代り、軍部を押える力として期待されたのであり、昭和十年代に、思想グループとしても成熟期にさしかかっていたことが悲劇であった。

逆風

戦後、日本を支配した占領軍の日本国家と社会に対する〝構造改革〟は、いまから考えても徹底したものであった。

占領軍は占領軍の指令として日本軍部——陸軍・海軍の解体と解散、内務省の解体——自治省、労働省、厚生省、警察庁への分割、といった国家構造の根幹を解体したのであり、また、財閥解体、農地解放で、日本の社会——都市と農村の根幹を解体、再編成したのであった。また華族制度を廃止し、貴族院を廃止して参議院に代えたのである。

また、公職追放令によって、戦時下の日本の支配層、公職に就いていたエリートを、全分野にわたって追放したのであった。それは政治家、官僚、財界指導者、学界、言論界、文学界と広範囲にわたった。

なかには、言論界での石橋湛山や嶋中雄作のように、まったく理解に苦しむ追放も含まれていた。各団体では適格審査委員会が設けられ、追放基準が問題になった。

政界では平野力三氏のケースが、審査委員長だった大河内一男氏の「ボーダーライン・ケース」という曖昧な表現で、適格かどうかがぐらついたことが新聞種となった。

京都大学では、哲学科の〝世界史的立場〟の四人、経済学部の高田保馬という著名学者が追放になった。これに反して東大では、和辻哲郎が適格と判断されて追放にならなかった。

＊

この辺は、占領軍自身の判断ではなく、占領軍の指令でつくらされた審査会の日本人が判断したものであろう。大学に関していえば東大よりも京大の方が急進的であったといえるかもしれない。また和辻哲郎と京都学派の間には大筋でそれほど判断の違いはなかったであろうが、京都学派の人々は若かっただけに気負いがあり、性急であったかもしれない。

和辻哲郎の場合は学者の発言に慎重であり禁欲的だった。人間の運命、運、不運はわからないものだ。

しかし、戦後日本のスタートに当たって、占領軍という絶対権力よりも、それに対応した日本人と日本社会の風潮に問題があった。

日本が敗れたとき、日本人の多くは、終戦の詔勅にあるように、「耐エガタキヲ耐エ、忍ビガタキヲ忍ブ」のが日本人の運命と考えていたし、朝日新聞の論説なども、そのトーンで考えられていた。

ところが、実際にポツダム宣言をはじめとする連合国の方針が知られるにつれ、本来、抑圧者であるはずの占領軍は解放軍（?）に代っていった。とくに、東京裁判が始まり、戦時下の日本の政治指導者たち、政治家、官僚、軍人たちが、A級戦犯として裁かれるころにこの〝解放〟説はクライマックスに達したといえよう。東京裁判は〝文明の名に於いて〟、野蛮な、文明の敵である、ナチズム、ファシズム、日本軍国主義を裁くものであった。

日本の知識人のなかにも、ポツダム宣言の文章を読んで、「これで自由がくる」、と「口許がほころぶことを禁じえなかった」と書く人も現われるようになり、戦時下の反戦、厭戦主義者たちが、我も我もと名乗り出る始末だった。

とくに獄中十八年の共産党幹部が占領軍の手で解放されるや、地上に躍り出た日本共産党幹部とインテリは、自分たちの手で、戦犯のリストを作成して、戦争犯罪人の摘発に乗り出した。京都学派や〝近代の超克〟を唱えた日本浪漫派の保田與重郎、佐藤春夫や亀井勝一郎、さらに横光利一、菊池寛、最後には白樺派にまで追及の手は及んだのであった。

＊

杉浦明平は保田與重郎を「人民広場の松の木に吊し首にしてやりたい」と書いたが、そうした憎悪までいかなくても、戦時中の文士や学者に対する批判と揶揄、罵倒は、全新聞・雑誌に溢れ返った。

西田幾多郎とその哲学に対する批判もはげしかった。代表的なものは、一九五四年に書かれた大宅壮一の「西田幾多郎の敗北」であろう。「世界新秩序の原理」という文章を西田が書いたという資料の発見をモトにして書かれたものである。これについては大橋良介氏の詳細な検討に譲ろう。

私が忘れがたいのは、中野重治が西田の「絶対矛盾の自己同一」という言葉を、これが日本語か？と揶揄した文章が某誌に掲載されたことである。中野重治だけでなく、西田哲学の悔渋さをからかった文章は、当時、山をなしたといえよう。

また入水自殺をした一高生原口統三が『二十歳のエチュード』のなかで『善の研究』の序文の文章を引用して

『……すでに禁断の果実を食べた人間に、かかる悩みのあるのはやむを得まい』

僕はこうした弁解が不潔で堪らなかった。それほど悩ましいなら、やめたらいいじゃないか。」

この年少詩人に悪意はあるまい。それでも世代間の、あるいは詩人の哲学者に対する感受性の違和感がある。中学生でこの『二十歳のエチュード』を読んだ私などには、不思議な作用として西田幾多郎への距離もしくは警戒心をつくらせたものだ。

獄死した三木清は戦後に生き延びた思想家として、『人生論ノート』や『哲学ノート』がながく愛読されたものだ。しかし、その三木清に対しても、悪意ある、絶妙な偶像破壊の球が飛んできた。今日出海《こんひでみ》の「三木清における人間の研究」(『新潮』)である。

今日出海は、東大仏文科出身、小林秀雄周辺の不良少年で、学生時代はマンドリンを楽しんでいた。今東光《こんとうこう》の弟で、兄弟揃っての喧嘩好きだったのかもしれない。のち、初代の文化庁長官、のち国際交流基金理事長になったが、人も世も変わるものである。今日出海は戦時中、徴用されてフィリピンに赴き、そこで三木清と一緒になった。その現地での三木清のセックス・スキャンダルをモトにして、三木清の矛盾にみちた性格をリアルに描いたものであった。

大宅壮一と今日出海という野武士に斬られて、当時の西田伝説、三木伝説は急速にしぼんでいったような気がする。

と同時に、それは哲学的発想と言論自体の退潮であった。実証性のない哲学的思弁や形而上学の横行があの戦時下に支配的だったことが日本の敗戦につながっているのであり、日本はもっと進化するためには科学的思考、科学的精神が尊重されなければならないといわれたのであった。哲学に代わるものは実証性を伴った社会科学であるという判断が多くの知識人・学生を支配した。同時に京都学派に代わる政治学の丸山真男、経済史学の大塚久雄、社会学の清水幾太郎などが華々しく登場してきたのであった。

＊

唐木順三の戦後の出発点『三木清』（筑摩書房、一九四七年）はこうした反哲学の風潮、あるいは三木清を革命の闘士として祭り上る風潮に対して、三木清の実像を好意ある筆で書いた兄弟子への友情の書でもあった。

この唐木順三の『三木清』が、『構想力の論理』（全二巻、岩波書店、一九三九―一九四六年）につけられた師の波多野精一の〝跋〟と共にもっとも公正な三木清評価ではなかったか。当時、三木清を愛読していた私などにはそう思われた。波多野精一の跋は、三木清は自由主義的評論家だったのであり、マルクス主義に理解を示したものの、マルキストではなかった、という、きびしいが公正な評価であった。私などには三木清は哲学的素養のある思想家に思えたのだが、それを評論家と呼ぶところにアカデミズムの師のきびしさがあり、体系を構築せずにすべてノートに終わった三木清の仕事振りに対する不満もあったのだろう。

＊

唐木順三の態度は、戦後の風潮に対しても同調しなかった。『三木清』を書いたのちに書かれた『現代史への試み』も、近代日本の教養主義を〝型の喪失〟として捉えた自らの内省に発したものであった。

しかも、この二著を書いたのち、唐木順三は同時代への発言を自己に禁じたかのように中世の日本文学に関心を移す。それがどのようなきっかけで行われたものか、いまの私には十分な判断材料がない。

臼井吉見がいった〝隠者志向〟という生来の性癖なのか。あるいはその生来の性癖に油を注ぐ何がしかの事情があったのか。とにかく、世を挙げての日本近代化の大合唱のなかで、唐木順三は中世に回帰した。

京都を去り、哲学を捨てて、田舎教師として、日本の近代文学を読み進めていた唐木は敗戦という事態に直面したとき、もう一度、時の流れを離れて、自らを無用者と決めこんで、無用の道、役立たずで効率とは関係のない世界に入ってゆく。

それは編集者として古田晁や臼井吉見の期待と友情に応えながら、また戦後に生き残った、田辺元、和辻哲郎、西谷啓治、鈴木成高、深瀬基寛という人々との交流を持続しながら一歩、一歩、自分の道を歩んでいったのである。

第三章　漱石と鷗外

『かのように』の魅力は、そこに鷗外の、えもいわれぬ
ダンディズムが現われているからである。」

筆者

漱石派と鷗外派

漱石と鷗外は、明治以降、近代日本の読書階級にもっとも親しまれてきた文学的古典である。その作品は近代日本語の新鮮な造型であり、自由自在な発想と表現は、日本語の可能性を物語っている。

漱石は一作、一作、その表現形式を変えたといわれるが、『猫』と『坊っちゃん』からスタートした漱石は、はじめから、超ベストセラー作家として登場し、東大を辞めて朝日新聞社に入社したときには、招聘を考えたのは独り朝日だけではなく、新聞各社が狙っていたといわれる。漱石が朝日に入社したのは主筆の池辺三山をはじめとした朝日の態度が礼をつくしたものであり、また提示した条件がよかったためで、処世上、用心深かった漱石も心が動いたのであろう。

以後、漱石山房の周辺はつねに賑やかで、いわゆる漱石門下の青年たちが取り巻いていたし、早くから『中央公論』の滝田樗陰《ちょいん》、後年は岩波書店の岩波茂雄も出入りしていた。要するに漱石は社交好きであった。

門下生を通して、漱石文学の話題はエピソードやゴシップと共に、伝播し、語りつがれた。

漱石は大きく、鷗外は高い、というのが私の印象だが、その鷗外は生涯の大半を軍医という陸軍の軍人として過ごし、日清、日露の戦争にも従軍している。そこで乃木将軍にも身近に接していることが、乃木さんの殉死に大きなショックを受け、文学者としても変ってゆく伏線をなしている。また、山県有朋や西園寺公望といった維新の元老たちとも接触があり、漱石とは乃木さんの殉死に共通して深刻なショックを受けているが、政治家との接触を潔癖に拒絶している漱石と大きく異なる。高等遊民という言葉は漱石自身を指しているかのようである。

鷗外はヨーロッパ、とくにドイツに留学して西洋医学を修めたが、かたわら、ヨーロッパの文学・哲学に興味をもち、早くから翻訳、評論、創作を試みる。明治二十年代のことである。だから、それらの文業を通して近代の日本語の創造に貢献している。

日清・日露戦争への従軍を終えて、鷗外がもう一度、文壇に復帰するのは明治四十年代のこと、夏目漱石の華々しい登場に刺激されてのことである。

明らかに漱石の「三四郎」を意識した鷗外の「青年」は、後期鷗外の出発点として重要な位置を占める。以後、大逆事件に刺激されての思想表現としての「かのように」「妄想」などの短篇の時期から明治天皇崩御、乃木将軍殉死を契機としての歴史小説、史伝物への移行は、漱石以上に自己変貌を遂げており、そこに鷗外文学の問題が存在する。

昭和十八年、戦時下に唐木順三が『鷗外の精神』を上梓したのも、この後期鷗外の変貌の解明を中心課題としている。

漱石のイメージが、大正・昭和を通して、いつも賑やかな話題を提供したのは、芥川、志賀を始めとした門下の作家たちが活躍したのと関連していることだろう。

これに反して、鷗外の場合には、観潮楼歌会での与謝野鉄幹や上田敏、『三田文学』を通しての荷風など、交流も多彩であったが、軍人としての公務もあってか、接近した青年は、同じ医学生であった大田正雄、筆名、木下杢太郎独りが目立つ程度である。

しかし、こうした生身の漱石、鷗外に接した世代が終わったのち、不思議に漱石、鷗外の圧倒的影響を受けた人々が、どの世代にも生産されてゆく。それが古典というものの、生命力でもあるのだろう。

昭和に活躍した作家のなかでは、石川淳、中野重治の二人が、早く鷗外に言及し、作品も書いている。唐木順三はそれに次ぐ、もしくは同時代の存在であろうか。

戦後になって、独文学の高橋義孝が、昭和二十九（一九五四）年、新潮社の一時間文庫で『森鷗外』を書いている。われわれの同世代では早く、江藤淳が『夏目漱石』を書き、山崎正和が『鷗外――闘う家長』を上梓している。そののち比較文学から小堀桂一郎が鷗外を書き、最近では、森まゆみが『鷗外の坂』そして『即興詩人』で新しい視野を出している。

また司馬遼太郎の『街道をゆく』シリーズの『本郷界隈』は「三四郎」を素材とした漱石論であるが、漱石論としても出色のものだと思う。さらに半勝一利の『漱石先生ぞな、もし』は意表を衝いた漱石論であり、漱石の孫娘を夫人とする同氏が、家伝のなかのニュアンスを生かした新しさをもっている。

ともあれ、漱石と鷗外は、本来は読書人にとって、漱石派か鷗外派かではなく、自分のそのときの問題意識に応じて、漱石に惹かれたり、鷗外に興味が湧くのであって、古典として定着するにつれて両者から養分を吸収してゆくことになるのだろう。

ただ、それぞれの読者の側の事情によって漱石、鷗外との出会いに、幸、不幸、運、不運があるような気がする。

たとえば、山崎正和氏の場合、敗戦後の満洲という不安な状況下で、自宅の書棚に坪内逍遥訳のシェークスピア全集と鷗外全集の二つが残っていたということが、山崎氏のその後の仕事の方向をかなり決定づけている。

私の場合、中学生で読んだ『二十歳のエチュード』のなかに、大学生清岡卓行が年少の原口統三に向って、「漱石なんぞ高等講談さ」といった台詞が記されていた。若気の気負いと虚勢であって、のちの詩人清岡卓行が、その説を維持していたとは思えないが、その殺し文句を読まされた読者の中学生は不幸であったといわざるを得ない。

私が漱石への関心を回復したのはかなり後年のことである。それに比べると森鷗外との出会いは幸運であった。わが家は空襲で焼けてしまって戦後は貧しい時代に闇市の古本か、センカ紙の新本からはじまったのだが、少し落着いた昭和二十四（一九四九）年、東京堂から鷗外選集の発刊が企画された。最初の配本がナント『渋江抽斎』（昭和二十四年九月刊）。ちょうど旧制高校時代、私は全神経と感受性を傾けて鷗外に対した。「渋江抽斎」の世界もそれなりに面白かった。というより鷗外の渋江抽斎に対する冷めた情熱、背筋を伸ばした端正な姿勢が感じられて、読んだ方も緊張せざるを得なかった。

そのときには、「青年」「かのように」「妄想」といった作品にもっとも親近感をもったし、歴史小説も史伝も、興味津々で読了した。私の歴史好き、歴史小説好きは、鷗外仕込みかもしれない。

しかし考えてみると、唐木順三氏の場合と同様、主たる関心は後期の鷗外であって、前期の作品の印象は薄い。これは手にした書物が選集で、他によい案内書もなかったせいかもしれない。

唐木順三の彷徨時代――『鷗外の精神』

唐木順三は昭和二（一九二七）年京都大学を出てから敗戦までの十九年間、学校関係の職場を転々としながら、哲学を離れて、近代日本文学を読み続け、『現代日本文学序説』『近代日本文学の展開』という文学史を書き、やがて『鷗外の精神』を書く。昭和十五（一九四〇）年に友人の古田晁が筑摩書房を創業したときは、その顧問となって、『鷗外の精神』は筑摩書房から出されている。彷徨時代もやっと終わりに近づき、唐木順三の社会への腰の落着け方も決ってきたように思える。

この彷徨時代には、二つの〃なぜ〃がつきまとう。第一はなぜ哲学を去って文学に向かったのか。本人は哲学の落第生を自称しているが、深田康算に惜しまれた才能の唐木順三が、自らの哲学的能力に絶望したわけではあるまい。唐木自身、明確に説明できないにしても、無意識の直観で、哲学はそれ自体を職業とすることは危険だという判断が働いたのではあるまいか。第一、メシを食うことも難しいし、哲学という抽象概念と格闘する世界は、ともすれば堂々めぐりとなり、生産性が低くなる。哲学はちがう領域、あるいは具体的な生活のなかで試されることで生きてくるのではないか。

これは私の推理にすぎないのだが、これに近い問題意識が働いたのではないか。

第二の〃なぜ〃は、時勢に対する沈黙である。三木清は東京に出てきてジャーナリズムのなかで生きるようになってからは時勢への発言を強めており、また京大に残ったかつての学友たちも、歴史哲学への関心を強め、そこから現代史、世界史への姿勢を固めつつあった。

そうした周囲と比べると、唐木順三が、ひたすら、文学に沈潜し、文学史の理解に自分を限定していることがわかる。それも臼井吉見のいう隠者志向の現われだったのか。もしくはあまりに同時代につきあうことの危険を察知していたのか。

ともかく、この姿勢が、戦後になって、西田幾多郎も三木清も、京都学派も傷つき、倒れたときに、無傷で戦後のスタートを唐木順三が切ることができた理由であった。

そうした背景を確認した上で、『鷗外の精神』の作品分析に入ろう。

『鷗外の精神』

この作品は、二部から構成されており、第一部が「鷗外精神史」と銘打たれて、三つの文章から成っている。

1　鷗外探求
2　歴史を超えるもの
3　邂逅と追蹤

第二部は、「鷗外雑記」と銘打たれ、四つの文章から成っている。

1　独逸時代

2　小倉時代
3　鷗外小論
4　鷗外雑記

この書物の眼目は第一部の「鷗外精神史」であり、第二部の1、2はその補論であり、3、4は旧稿である。

あとがきに書かれているように、この作品は「鷗外という鉱山の試掘」であり、その過程でやっと鉱脈を探し当てたという実感をもてた、というから、これは鷗外ノートであり覚え書であって、完成された作品ではない。労作であり、力作であって作者の思索力に敬服はするが、読者にとって読みやすいものではない。

実際、昭和二十四（一九四九）年、唐木順三は、世界評論社から、「世界文学ハンドブック」の一冊として『森鷗外』を書き下ろしている。この方がよく整理されていて読みやすい。しかし、作者として重要なのは『鷗外の精神』であろう。そこには額に汗して思索しながら書き進めてゆく唐木順三の姿がくっきりと浮かんでくるからである。

＊

第一部の「鷗外精神史」では、第一章の「鷗外探求」が主論文であるが、悪路を往く自動車のように読みづらい。小見出しがなく延々と長いセンテンスの文章がつづくからである。戦後の日本語は、パラグラフもセンテンスも短かくなり、読みやすくなったものだ。しかしここに記された唐木順三の壮年期は、自分の思索に道筋を見つけるために、ほとんど読者を意識せず、懸命にひたすら歩いている感じだ。

その「鷗外探求」の狙いは、後期の鷗外の文学が、大逆事件、明治天皇崩御、乃木将軍夫妻の殉死という、大きな時代転換に衝撃を受け、変質してゆく動機と過程の解明にあった。そしてこうした変化が単に外的事件の触発だけでなく、鷗外自身の内部の心理的変化、問題意識の変化に根差していること、その解明には、明治四十三（一九一〇）年に書かれた作品「青年」がもっとも重要な位置を占めていることを探り当ててゆくことが〝探求〟の狙いであり、その道行きである。

――『青年』は鷗外の作家の秘密を洩した告白であるとともに、自己の進路への予言でもあったのである。

――『青年』は鷗外で最も problematique の小説である。『青年』を書き終った時の鷗外の問題は、自己弁護から自己撥無へであったと。

（一一一頁）

＊

ただ、そこに辿りつくまでに、唐木順三は、自然主義への反発として書いた『ヰタ・セクスアリス』、大逆事件に触発されて書いた「かのように」「妄想」「カズイチスカ」といった一連の短篇の五条秀麿ものと称せられる作品群を、

――自然主義は人間の自己肯定であった。自己肯定に於て解される人間は、いはば人間的な余りにも人間的な人間である。自己の弱点と欲望の肯定であり、卑小化、矮小化された人間の登場である。そして、他を自己と同一視せざるを得ない傾向が必然的に起る。基督も釈迦も、俊寛も大石内蔵助も乃木将軍もベエトウヴェンも、それをすべて戯画化せずには書けなかった芥川龍之介がその究極に生れる。（五九頁）

――社会の秩序を維持するための様々なイデオロギイも、その究極に、神とか自由意志とか、義務とかを、それがあるかのやうに想定しなくては成立し得ないのである。あるかのやうに、といわざるを得ないのは、既に信仰の実感を失った近代知識人の宿命ではある。（四六頁）

といった、さまざまなテーマが書き連ねられているが、要するに問題意識が過剰で、鷗外とい

う巨大な対象を迷路のようにさまよっている感じである。

さらに歴史小説「興津弥五右衛門《おきつやごえもん》の遺書」「阿部一族」「護持院原の敵討」「大塩平八郎」「堺事件」などの作品分析も述べられているが、本来、主題別に文章を書くべきものだったろう。若い唐木順三の気負いと性急さがこうした苦闘の記録を書かせたのであろう。

＊

第二章の「歴史を超えるもの」になると、作品も主題も絞られてきて、大分読みやすい。『安井夫人』から『寒山拾得《かんざんじっとく》』まで」と副題のつけられたこの章では、いわゆる〃歴史其儘と歴史離れ〃の歴史離れを描いた自由な作品で、鷗外晩年の自在な境地を示す佳篇の世界を語っていて唐木順三の筆致も楽しげである。

私自身も「安井夫人」「じいさんばあさん」は絶品だと思うが、唐木順三も「安井夫人」を「護持院原の敵討」「渋江抽斎」と共に、鷗外の最高級の作品と手放しで礼賛している。

そもそも、鷗外は「灰燼」という野心的作品（一九一一年）を中断して、明治天皇崩御と乃木将軍の殉死を機会に「興津弥五右衛門の遺書」以下の歴史小説の世界に入った。生きている現実世界が転換してゆき、発言しにくい事態、自己の実感と時世のずれを感じて歴史の世界、死者の世界に移った。未確定な事実の多い現世よりも、死者の世界はもはや動かない、完結した世界である。その死者を相手とした方が気持も安らぎ落着く。

しかし、「遺書」にはじまり「阿部一族」「護持院原の敵討」「大塩平八郎」「堺事件」と進んだとき、鷗外は今度は歴史の「自然」に拘束されていることに気づく。鷗外はもう一度、転換する。その結果が「山椒大夫」である。

唐木順三はここでニイチェの「生に付する歴史の利害」という観念を利用しているが、たしかに人間の実存感覚からすれば、歴史の過剰は危険である。「歴史の過剰が、自由にして溌剌たるべき生を圧迫し、過去が人間の上に襲いかかってこれを緊縛するのを『歴史の疾患』と呼んだ」。この歴史の重圧、疾患から逃れるものの一つとして、「歴史を超えるもの」を取り上げ、永遠にして同一なるものを生存の上に賦与する芸術、宗教こそ、歴史を超えるものであると言った（一三八頁）。

歴史を拘束と感じ、人間の原高貴性、人間の権威を再確立することを目指した鷗外は、

――『安井夫人』に於てはこの権威が身辺のものになる。身辺のものになった権威とは、もはや歴史によって変へられるところのものではない。その点では既に権威ともいへないかもしれぬ。然も其処に初めて人間は独立して自由なものとなり、歴史を超えた世界に入ることが出来る。直下充足の世界にあって、永遠の不安も希求もここにはない。色即是空とでも

言はうか。鷗外が主力をそそいで書かうとしたのはこの点であったに相違ない。（一四七頁）

『安井夫人』は教科書にも採用されたこともある短篇で、読んだ者は多いだろう。安井息軒夫人の「遠い遠いところを見つめていたであろう眼」はひとびとを感動させる。安井夫人の立居振舞い、挙止動作、出所進退、すべてが内面に権威、確信をもった人間の行動であることを読者は誰しも感じとる――。

唐木順三は「歴史を超えるもの」として、「安井夫人」についで「高瀬舟」と「寒山拾得」の二つを挙げる。「高瀬舟」は「足ることを知ってゐる」喜助という最少最低の生活にいる人物の貴さを描いている。ただまだ曖昧さが残る。

――『寒山拾得』に於ては歴史は完全に撥去される。此処には歴史はない。歴史のない歴史上の人物を書かうといふのである。畫にはなっても小説にはならないものを書かうとするわけである。お伽噺にはなり得ても、中々小説にはなり難い。（中略）「子供に物を問はれて困ることは度々である。中にも宗教上の事には、答えに窮することが多い。最も窮したのは、寒山が文殊で拾得は普賢だと云ったために、文殊だの普賢だの事を問はれ、それをどうかかうか答へると、またその文殊が寒山で、普賢が拾得だといふのがわからぬといはれた時である。とうとう、「実はパパアも文殊なのだが、まだ誰も拝みに来ないのだよ」といふ。このとき鷗外は五十五歳の春を迎えようとしてゐた。（一六〇頁）

また、

——子供は歴史を現在化しなければ納得がゆかない。時間の観念は開化された大人のものであらう。歴史はここでは、イメージとならなければならぬ。子供と信仰は歴史の疾患を知らぬと言へるだらう。（一六〇頁）

と唐木順三は注釈し、「軍医総監から寒山拾得の世界への道がひらけてきた」と結論している。

＊

第三章の「邂逅と追蹤」は史伝の世界を扱っている。追蹤《ついしょう》という言葉は今日あまり使われていないが、広辞苑では「1、あとをつけて行くこと。追跡。2、過ぎ去ったことを思い出すこと」となっている。

「抽斎、蘭軒、霞亭伝」と副題のついたこの章では、唐木順三は「渋江抽斎」を激賞しながら

「北条霞亭《ほうじょうかてい》伝」には手きびしい。

文章は「山椒大夫」からはじまる。歴史小説を書き進めて歴史の束縛を感じた鷗外は「国のお祖母《ばあ》さんが話して聞かせた伝説」を素材に自由な小説化を企てる。

——それは自己を超え、歴史を超えたものでなければならぬ。いはばそのまま芸術と宗教の世界に属するものといふことである。

（一八六頁）

ここで唐木順三は若い世代の『白樺』の運動、武者小路実篤の「ある日の一休」や『新思潮』の芥川龍之介の「羅生門」「或日の大石内蔵助」などの作品を挙げ、歴史の現在化、人間化の方向としては同質であったことを指摘していることは面白い。しかし、明治人であった鷗外はその方向に向わずに、史伝という、それも余人にはできなかったであろう狭き径を歩みはじめる。

——抽斎はわたくしの偶、邂逅した人物である。この人物は学界の等閑視する所でありながら、わたくしに感動を与ふることが頗る大であった。

という有名な文章を引用した上で、唐木は「邂逅とは、期せずして会するなり」という箇野道明の『故事成語大辞典』を引用して註釈している。また「一人事蹟を叙してその死に至って足れりとせず、その裔孫のいかになりゆくかを追蹤して現今に及ぶ」という鷗外の言葉を踏まえて、先人の跡を尋ねること一般を指して〟邂逅と追蹤〟という表題をつけたという。

ところで鷗外はいかにして渋江抽斎と出会ったのか。

——僕は鷗外が抽斎を調べた上で感動し、尊敬の念を生じたのではなく、寧ろ、鷗外胸裡に忽然として抽斎像が生れたのではないかと思ふ。否、世人の知らぬ抽斎なる人物に己自身を感じたのであろう。（一七七頁）

抽斎との邂逅の端緒は、鷗外の武鑑（江戸時代、大名・旗本の氏名・系譜・居城・官位・知行高・邸宅・家紋・旗指物などを記した書、毎年改訂）蒐集からひらける。鷗外はこの蒐集途上、「弘前医官渋江氏蔵書記」の朱印の捺してある武鑑に度々出会ふ。即ち自分以前に既に武鑑に目をつけこれを蒐集してゐた先輩のあることを知ったのである。この朱印のある武鑑中に時折、抽斎云として考証を記入したものがある。また訂正の筆を入れた個所もある。然もそれが鷗外が「数年間武鑑を探索して得た断案と符節を合するが如く一致してゐる。これは鷗外にとっては驚くべきことであったに相違ない。（中略）わたくしはこれを見てふと渋江氏と抽斎とが同人ではないかと思った。そしてどうにかしてそれを確かめようと思ひ立った、」これが抽斎伝の生れる所以であった。（一七八頁）

――ふと、といふのは、単なる気まぐれではない。機は熟してゐながら、いまだ自覚されない瞬間の契機を語ることが多い。僕は鷗外の抽斎との邂逅は、ふとという曖昧な言葉ではあるが、然し、非常に深い縁によって結ばれてゐると思ふのである。（一七九頁）

「渋江抽斎」を絶讃した唐木であったが、「伊沢蘭軒《いざわらんけん》」については点が辛い。そこには偶々邂逅したという喜びがないからである。蘭軒は抽斎の師であった。その蘭軒についての膨大な叙述は、鷗外のマニアックなものを感じさせると、書いている。

また鷗外としては、構想として、渋江抽斎、伊沢蘭軒、北条霞亭、松崎慊堂《まつざきこうどう》、狩谷棭斎《かりやえきさい》、といった日本考証学者の伝記体系を記す計画であったことを記しているのは面白い。

最後の北条霞亭に関しては、読者から、こうした人物もおりますよと資料を持ち込まれた作品で、霞亭の人物について京都の嵯峨に幽居したという事蹟に鷗外に想い込みがあり、執筆してゆくうちに霞亭に失望してしまったという誤算があったと断じ、唐木順三は駄作だと決めつけている。

唐木順三は鷗外に熱中しながらも、下らない作品は駄作と断ずることを躊躇しない。この辺が唐木順三の資質の面白さだと思う。

*

第二部は、〝鷗外雑記〟という表題となっている。ナントモ色気のない話である。今日のように表題のつけ方のうまい時代から見ると落第であろう。ただし表題だけしか面白くない中味のない今日と比べて、ナント中味の濃い作品であろう。

丸山眞男氏は萩原延寿の最初の論文「日本知識人とマルクス主義」を評して、「テーマが多すぎる。ひとつの論文はひとつのテーマでよい」といった。その論でゆけば、唐木順三の初期の作品もまたテーマの詰りすぎで読みづらい、ノート、覚え書であって、読者に提供する作品ではない。

しかし、それだけに若さ特有の熱気があり、気負いがあり、思索の深みが不器用に出ている。『鷗外の精神』の重要テーマは第一部の「鷗外精神史」にあり、第二部の「鷗外雑記」は補論である。考察として面白いのは、第一章の「独逸日記」、第二章の「小倉日記」であろう。

「独逸日記」の方は、鷗外の留学が、漱石がロンドンで神経衰弱になったのとは対照的に、ライプチッヒの貴族の社交界のメンバーに迎えられ、社交に、講演に、研究に、ヨーロッパ文学に、若さと才能を全開させた、楽しいものであったことを、鷗外の残した日記や資料をもとにして再現している。

「小倉日記」の方は、明治三十二（一八九九）年から明治三十五（一九〇二）年まで、軍人社会の嫉妬から左遷され、小倉に赴いた時期の鬱屈した心情と生活が解明される。戦後でも、松本清張が「ある小倉日記伝」で、鷗外の小倉時代を描いて、坂口安吾が絶讃し芥川賞を受賞して話題となったように、小倉時代は鷗外研究にとって欠かせぬ主題のひとつである。

唐木順三の特性として、早くから、体系的であること、バランスをとって全体を考えること、徹底的に対象のすべてを調べつくすこと、などが読後の実感として浮かび上がってくる——。

『現代日本文学序説』と『近代日本文学の展開』

ここで『鷗外の精神』（一九四三年刊）に至る前史としての『現代日本文学序説』（一九三二年）、『近代日本文学の展開』を簡単に眺めておこう。

唐木順三も若いときは、左翼だったという説がある。それはこの昭和七（一九三二）年に出された『序説』の印象が語らせたものであろう。たしかに昭和初期、マルクス主義が大流行した時期の二十歳代の大学を出たばかりの若者である。ブルジョアジイ、ブルジョワ社会、ブルジョア革命、封建的といった、観念語が多用されており、自然主義文学を批判するのに、自然主義をフォイエルバッハに擬して、マルクスの『ドイッチェ・イデオロギー』を引用している。

しかし、この『ドイッチェ・イデオロギー』は岩波文庫に三木清が翻訳した日本訳の引用である。三木清は京大での兄貴分で就職まで世話してもらった仲である。そしてまた、マルクスの『ドイツ・イデオロギー』はマルクスの著作のなかでも面白いものであり、就中、〝フォイエルバッハに関するテーゼ〟のアフォリズムともいえる短文は、マルクスの哲学を語って余すところがない。

昭和初年代、日本の思想界を風靡していたことは当時の雑誌や出版物を見ればわかる。戸坂潤はこの書物をもじって『日本イデオロギー』を書いたが、これは駄作である。

余談になるが、私自身も三木清訳の『ドイッチェ・イデオロギー』の岩波文庫の古本を敗戦直後の古本屋で手に入れた。全巻、赤エンピツの傍線が引かれ、巻頭の頁には〝我が新しい飛躍のために!!〟と感嘆符をつけたモットーが書かれていた。おそらく戦後の大学生が購入し、読んだものだろう。あの学生は新しい飛躍をしたのだろうか。

この『序説』には鷗外論はなく、北村透谷、二葉亭四迷にはじまった日本の近代文学が、紅露樗牛の浪漫主義、独歩、花袋の自然主義を経て、漱石、直哉、有三、そして最後に芥川龍之介を論じているが、その中心概念は、自然と自然主義の批判にあり、巻頭には、自然と道徳、自然主義の発生と没落の二つのテーマを論じた論文が据えられている。

あくまで唐木順三は正統的であり、明治以降の近代日本文学史を作家に即し、テーマに即して徹底的に調べ上げていっているといえよう。

これが昭和十四（一九三九）年に刊行された『展開』になると、『序説』にあるような左翼用語は影をひそめ、三十歳代になった唐木順三の熟達した日本語に出会う。

ただ、書物の構造はまったく同様で「明治文学に於ける自我の発展史」「明治文学と不安の精神」をはじめ、第一部は、テーマによる論文が並び、近代文学史と写生文、近代文学と生活の問題、自然主義の一様相、歴史文学の問題といったかなり多様な文学史的命題に視野が拡がっていることが解る。

第二部は作家論で、ここで鷗外、徳富健次郎、岩野泡鳴、徳田秋声、宇野浩二、葛西善蔵といった玄人好みの作家を論じ、最後に同時代作家の三人、横光利一、小林秀雄、島木健作を論じている。小林秀雄についてはこの稿の最初に並べた。横光利一については、風流文学、人情文学、身辺小説の否定が横光の文学史への寄与であったと指摘し、その実験的野心をよく理解しながらも、疑問を提出しながら、今後に期待している。

島木健作については処女作『癩』についても『生活の探求』についても評価が高い。当時、転向の文学と騒がれた島木健作だが、唐木順三はその転向のなかに誠実なモラリズムを嗅ぎとったのであろう。

鷗外の問題

唐木順三の『鷗外の精神』は、次第に苛烈になる戦争を横目で見ながら、ひたすら近代日本の文学的古典に打ちこんだ力作、労作であった。その思索や示唆から私も大いに得るところがあったし、その論旨に共感するところが多い。しかしまた若いころ鷗外に熱中した一人として、若干の異論がないわけではない。

唐木順三論としては蛇足かもしれないが、唐木さんの胸を借りながら、私の文学論、哲学論の確認、そして私自身の存在証明として、その異論、異和感をここで述べておきたい。

第一は「青年」を評価し、重視することへの共感であり、その解釈への疑問である。

第二は「かのように」「妄想」を折衷主義的妥協とすることにどうも納得がいかないことである。

第三に、歴史小説、史伝に移行する鷗外の心境への解釈が不十分ではないか、乃木将軍の殉死に絶対的忠誠の世界のきびしさを発見したとしても、近代人鷗外が乃木さん的価値観に全幅の共感を覚えたわけではあるまいということ、現実を描くことを断念して歴史の世界に赴いたことには幾重にも多様な意味が含まれていたのではないか、という点である。

＊

明治四十三（一九一〇）年に書かれた「青年」は、夏目漱石が華々しく登場し「技癢を感じた」鷗外が漱石の「三四郎」の向うを張って書いた作品で、きわめてフレッシュな感受性を感じさせる作品である。この若々しさは、自分の青年時代に感じたこと、考えたことを投影しており、鷗外が作中の小泉純一という主人公を通して自らの文学への初心を再確認しているように思われる。

しかし、明治四十三（一九一〇）年の「青年」が書かれた段階で、鷗外自身、二年後の明治天皇崩御も乃木さんの殉死も予期していたわけではあるまい。歴史好きの鷗外のことだから、小倉蟄居の明治三十年代から、折に触れて史料を漁り収集していたことであろうが、現実を小説化してゆく道を断念して歴史の世界に没入してゆく態度はまだ鷗外のなかで決っていない。「国の祖母さんの話」、伝説、お伽噺を小説化してみたらという気持はあっただろうが、鷗外も、そして漱石も、この時点では明治の雰囲気を十分楽しんでいたのではないか。

唐木さんは、歴史の世界への起点として「青年」を重視し、それを説明するために、「サフラン」という短篇を使っている。

私は明治四十三（一九一〇）年、「青年」を書いたころの鷗外の心境は、同じ年に書かれた「普請中」によく表現されているのではないかと思う。

「日本はまだ文明を普請している最中なのだ」と語る鷗外の語調は決して暗くない。鷗外自身もこの普請に参加しているのだという健康な自負と希望が語られており、この意識はさまざまな鷗外論によく引用される短篇である。

ところが明治四十五（一九一二）年、鷗外は「鼠坂」という作品を書いている。私自身は、学生時代はその作品の存在を知らないで、後年、中央公論社の編集長時代、吉行淳之介、丸谷才一、河野多恵子の中公新人賞選考委員の三氏に依頼して『中央公論』誌上に掲載された短篇のアンソロジーを考え、三氏に推薦して頂いた。その時に浮上したのが「鼠坂」であった。

私はこの作品を初めて読んでショックを受けた。描かれた世界がきわめて暗い。物語は日露戦争のとき満洲に出かけて一儲けした戦争成金が満洲時代の知人を自宅に招いて酒盛りをする話なのだが、客の男は満洲時代に殺人を犯しており、主人の成金と客は殺人の共犯者として暗い記憶を確め合う——という筋である。そして作者の鷗外が作中の人物を嫌悪している感じがありありと出ている作品なのである。

「鼠坂」は「普請中」とトーンがまったくちがう。なにかそれまで知らなかった歴史的事実を聞かされて、鷗外が日露戦争そのものに、あるいは日本人そのものに暗澹たる嫌な側面を見たのではないかと想像したくなるのである。

「普請中」から「鼠坂」への暗転は、乃木さんの殉死以前に鷗外の方向転換を準備させるものがあったような気がする。

「青年」という作品の魅力は、主として木下杢太郎をモデルとした大村壮之助という医科の大学生と年下の田舎から出てきた文学青年小泉純一の対話の緊張した知的興奮があたえてくれる快感にある。長男で兄貴のいなかった私は大村壮之助のような兄貴がいたらどんなに楽しいかという想いと共に、ワクワクしながら読んだものである。漱石の「三四郎」と同様の楽しさがありながら、鷗外独自のみごとな造型を存分に味わうことのできる作品である。そこには田舎と都会、青春というものの構造を十分に理解した大人の眼が隅々まで通っていて基調は明るく豊かな感受性の存在を物語っている——。

だから「青年」は後期鷗外文学の起点ではあるが、鷗外の変貌の起点ではあるまい。

＊

明治四十四（一九一一）年、鷗外は「妄想」を書き、名作「雁」を発表している。同時に長編「灰燼」を連載しはじめ、大正元（一九一二）年十二月に中断している。明治四十五（一九一二）年一月に「かのやうに」、四月に「鼠坂」そして年号が変わった同じ年の大正元（一九一二）年十月に「興津弥五右衛門の遺書」なのである。

問題は「灰燼」の中断と「妄想」「かのやうに」の意味である。

「妄想」を問題視するのは、文中に有名な言葉、――私はさまざまな師に出会ったが、一人の主に出会はなかった――という言葉の解釈をめぐってであろう。

「かのやうに」については、当時ヨーロッパで流行したファイヒンゲルのAls obの哲学を鷗外が「かのやうに」というみごとな日本語に訳し、神や意志の自由といった難問を「であるかのように信じようではないか」と作中の主人公五条秀麿をしていわしめる。もちろんそれは作者鷗外の叫びでもあろう。

唐木さんは、これを折衷主義的妥協という。そしてそうした中途半端な立場が乃木さんの殉死で粉砕され、乃木さんのような忠誠心が現実に存在することに動かされ、歴史のなかに絶対を求めてゆく――というのが唐木さんの解釈である。また「かのやうに」は大逆事件に心を痛めた元老の山県有朋や西園寺公望に呼ばれたときに述べた意見であることを、保守主義者、社会主義嫌いの鷗外への批判として述べているフシがある。

しかし私は「かのやうに」を折衷主義的妥協とは思わない。近代の懐疑主義者としての知識人の取りうる最良の選択のひとつであると思う。また「さまざまな師に出会ったが一人の主に出会はなかった」相対主義者、多神教の鷗外（日本人）の判断であったろう。

懐疑主義と相対主義はきわめて近い。自由人の態度決定の判断基準のひとつであり〝寛容〟

の精神とも親縁関係にあるものだろう。

また山県や西園寺への接近も、それを潔癖に体制迎合と考えるのは、〝左翼〟経験のある唐木さんの若さのしからしむるところだろう。日本や中国には士大夫としての知識人という観念があり、欧米にも助言者としての知識人の伝統がある。統治者に問われて自分の意見を述べることに鷗外にやましさはなかったはずである。

だから、鷗外の「かのやうに」の哲学は、殉死問題、歴史の世界への没入以後にも、基本的に変らなかったのではないか、というのが私の意見である。

乃木殉死はショックであり、前世代の老人への敬意と思慕を高めたであろう。しかし旧世代への理解と自分自身の生き方は別なものであろう。

鷗外は、興津弥五右衛門にも大塩平八郎にも理解を示し、阿部一族の〝忠誠心〟の所在にも理解を示しながら、最後に「安井夫人」「渋江抽斎」「寒山拾得」の自由な境地まで登りつめてゆくのである。

＊

最後に、唐木論としては蛇足になるが、鷗外の「かのやうに」批判は、私にとって唐木さんが初めてではない。

学生時代、私は鷗外に熱中しながら、波多野精一の宗教哲学を同時に読み進めていた。その波多野精一が、『宗教哲学』（初版・一九四四年、第一章「実在する神」五八頁）において、鷗外の名は出さないが、ファイヒンゲルを有力な現代哲学の流れの一つとして紹介しながら、「かのやうに」の哲学を徹底的に批判し、「神は実在する」ことを高らかに宣言しているのである。「かのやうに」の鷗外に酔っていた当時の私は、脳天を叩き割られたようなクラクラする想いを味わった。

波多野精一は、キリスト教と「宗教哲学」の体系的思索を私に教えてくれた存在であった。とくに最後の『時と永遠』は不朽の名著としてその感動はいまも私の胸になまなましく生きている。

しかし、その一方で私に文学の奥行きを教えてくれたのは鷗外であった。そして「さまざまな師に出会いながら一人の主に出会はなかった」鷗外の生き方もまた私は捨てることができなかった。

正直いって、私は波多野精一と鷗外の間に引き裂かれて、いまだにどちらを選ぶとはいえない。未確定の自分であることを自覚している。

信仰の高みを見上げながら、そこへの飛躍を決断できず、地上をトボトボと歩む自分を自覚する。

私はやはりいまの時点でも鷗外の「妄想」と「かのやうに」に愛着のある人間なのかもしれない。要するに「かのように」の魅力は、そこに鷗外の、えもいわれぬダンディズムが現われているからである。人生はあれかこれかを選択するのも真実だが、あれかこれかを選ばずに、未解決、未決断のまま保留して見つめつづけるのもひとつの道であろうと思う。

第四章　戦後という空間

「ところで〔田辺元〕先生は果して懺悔道の実践者であったのか。」

唐木順三、未発表遺稿

戦後を象徴するもの

最初、戦後という言葉は、帝国日本の破局ののちに、戦争という凝集した緊張状態から解放され、同時に、帝国日本の持っていたさまざまな価値体系、あるいは国家のモラリッシュ・エネルギーの無効を実感したときに、開かれた、不思議な虚無の空間を意味していたのではなかったかと思う。

それは廃墟、焼跡、闇市といった光景を連想させるし、また進駐軍と呼ばれた占領軍のジープやチューインガムを想い出させる。そこからヴギの女王笠置シズ子や美空ひばり、江利チエミらの歌が聞えてくる。

また光クラブという高利貸業を営み、破綻して自殺した山崎晃嗣という存在、生きることは不潔だと入水自殺した一高生原口統三という存在も浮かんでくる。

しかし、なんといっても、この戦後という空間を象徴するのは、太宰治と坂口安吾という二人の作家であろう。

太宰治は、北国青森の地主の家に生れ、学生時代に、左翼運動に参加しながら、自首して転向、『日本浪曼派』に参加して創作活動に入ったが、その過程でも銀座の女給、芸妓と心中未遂事件を起こしており、自虐と道化と戯作への韜晦は、早くから太宰文学を特徴づけている。しかし、太宰文学のまったき開花は、戦後という空間を必要としたといえるであろう。『斜陽』から『グッド・バイ』を経て『人間失格』まで、生マレテキテスミマセン、グッド・バイ、サヨナラダケが人生ダ……。

敗戦によって傷ついた日本人にとって、人間失格とは何とすばらしい子守唄だったことだろう。『人間失格』は、昭和二十三(一九四八)年、雑誌『展望』に上、中、下と三回に分けて分載されたのだが、その(中)が掲載された段階で、太宰治の玉川上水への入水自殺が新聞に大きく報道された。その衝撃は、芥川や三島の自殺と同様の衝撃力であった。

坂口安吾の「堕落論」は、昭和二十一(一九四六)年、雑誌『新潮』に発表されたが、戦後の世相を観察してもっとも核心を衝いたエッセイであった。

——戦争は終った。特攻隊の勇士はすでに闇屋となり、未亡人はすでにあらたな面影によって胸をふくらませているではないか。人間は変わりはしない。ただ人間は戻ってきたのだ。人間は堕落する。義士も聖女も堕落する。それを防ぐことはできないし、防ぐことによって人を救うことはできない。人間は生き、人間は堕ちる。そのこと以外の中に人間を救う便利な近道はない。

おそらく、安吾のこの言葉ほど鮮烈なマニフェストはなく、こうした宗教的ともいえる人間の大肯定は、読者に安らかな安堵を与えたはずである。安吾の場合は自殺はしなかったが、太宰同様、薬中毒にかかっており、無理なスケジュールを強行して、緩慢なる自殺行の趣きを呈していた。倒れたのは五十歳のときであった。

この二人の作家と並んで、戦後を象徴する思想家をひとり挙げるとすれば、やはり政治学の丸山眞男であろう。

丸山眞男は三十二歳で敗戦を迎えている。東大法学部の南原繁の許で、例外的に自由な空気を享受してきた丸山眞男は、応召して軍隊生活を実体験して終戦を迎えている。

戦時下の抑圧された重苦しい空気に代って終戦は丸山眞男にとって、解放された自由を意味し、連合国のポツダム宣言とその占領政策は、文字通り、文明の裁きに映じたのであろう。

丸山眞男の戦後の仕事は、「超国家主義の論理と心理」で、戦時下を支配した日本国家主義の思想構造・心理構造を分析したのに始まり、「科学としての政治学」は、旧来の戦前からの日本の近代政治学に対する挑戦状であり、科学としての政治学は果して可能なりやという根本的問いかけである。そして第三に「ある自由主義者への手紙」は書簡形式で、旧来の共産主義と〝一線を画す〟自由主義に対して異論を唱え、秩序よりも正義を選び取る、社共統一戦線、人民戦線への道を志向する急進主義的立場の表明となっている。

卓抜なレトリック、基本問題への直観力、思想構造への思索力、などはそれまでの学者には見られないスタイルと表現力をもっていた。天皇制やファシズムの分析は、戦前・戦中の学者にはなかった批判で貫かれていた。

多くの学生・知識層は「眼からウロコが落ちた」という読後感、実感をもったことを語っている。日本社会と国家について、これだけ鋭い分析力を発揮した文章はこれまでなかった。また、人間にとっての政治と権力現象を道徳との対比で明確にした書物もなかった。

ただ、一九三〇年代、ロシア革命に魅かれた西欧知識人、たとえば、H・ラスキへの共感は、やはりソ連邦と共産党権力への情報不足、認識不足を共有しており、冷戦の進展、世界史の進展と共に、社共統一戦線、人民戦線への期待が幻想に変ってゆくことを避けることはできず、日本における急進主義の影響は、六〇年安保を頂点とし、七〇年安保（大学紛争）を最後として、急速にその立場を失ってしまう。

社会科学の思想として、戦時下の京都学派の哲学者たちに代って、言論界をリードした丸山政治学、清水幾太郎の社会学、大塚久雄の経済史学、川島武宜の法社会学などは、多くの場合、形而上学を排した科学の名において自己を主張したが、今日から省みると果して実証性を伴う科学としての影響力であったのかどうか、難しい問題を残す。

三木清と唐木順三

こうした戦後という空間のなかに、唐木順三もまたどっぷりとつかっていた。それは第一に兄事していた三木清が敗戦後も獄につながれたまま、獄死するという悲劇的事故を経験したことから出発する。

唐木順三は、そのショックを創刊された『展望』のコラムに書き、それはそのまま、三木清の人生と哲学に対するこよなき水先案内の書となっていった。それは、三木清に最大の影響を受け、個人的にも就職先を世話してもらうという相互関係のなかで兄事していた人間に対する鎮魂の書であり、三木哲学に対する共感と批判を表明することで、自らの哲学的立場を確認する仕事でもあった。

それは、京大哲学科から逃亡し、近代日本文学に沈潜していた唐木順三に哲学への回帰を促す機会ともなったことであろうし、また戦中に哲学的発言を保留していた唐木に戦後論壇への自然な登場を促す作用をもったことであろう。

三木清の著作は結果的に戦中・戦後を架橋する役割を担ったといえるかもしれない。彼自身、西田幾多郎に師事し、西田哲学の最大の理解者でもあったが、同時に「人間学のマルクス的形態」に始まり、昭和三（一九二八）年『唯物史観と現代の意識』（岩波書店）に収録された諸論文が示すように、マルクスのもっとも深い哲学的解釈であり、戦後日本で全面的に解禁されたマルクス研究の先駆をなすものでもあった。

三木清の著作は獄死という悲劇のためもあって、戦後、全著作がベストセラーとなって読まれた。とくに『人生論ノート』『哲学ノート』『構想力の論理』は、晩年の遺作としてながく読み継がれたといってよいであろう。

唐木順三が三木清の弟子として、三木清の生涯と哲学の最高の理解者として登場したことはそのこと自体、三木清へのこよなき鎮魂であったが、しかしまたそれは亡き三木清の唐木順三への贈り物であったといえるかもしれない。

唐木順三は、かくして雑誌『展望』の編集者として思想と文学のためのメディアを手にし、また三木清を語ることを通して戦後思想の生産の現場でもっとも可能性のある発言者の一人となったのである。

＊

昭和二十一（一九四六）年晩秋に『三木清』（筑摩書房、一九四七年刊）を書いた唐木順三は、それから三年、昭和二十四（一九四九）年三月に『現代史への試み』（筑摩書房）を書いた。これは近代日本の知識人を問題とするとき、誰しもが通過する問題なのだが、敗戦直後には知識人にとって、もっとも痛切な問題であったろう。

明治の知識人が直面した問題は文明の問題であった。それは福澤諭吉、中江兆民にはじまり、漱石、鷗外、露伴、逍遥に至るまで、文明の次元で、人間と社会を眺めていたように思う。

ところが、日露戦争以後に青春期を送った大正世代にとっては、文明の意識に代って文化が語られ、問題視されるようになった。それはパンの会に集った詩人のグループ、『白樺』に拠った青年作家たち、『新思潮』に拠った青年たち、自由劇場（小山内薫）に参加した演劇青年たち、明治四十年代、日露戦争をともかく勝利として終え、富国強兵のスローガンから解放され、個性と社会と人類に眼が注がれたとき、新しい文化活動の芽生えとして誕生してきたグループの全体について共通の性格としていえることである。

Culture とは文化と同時に教養を意味する。cultivate とは耕すこと、教養も文化も人間社会のよく耕された状態、空間を意味すると考えられてよいであろう。

日露戦争の勝利で、ともかく独立国家としての立場を確保し、世界列強の仲間に伍した日本は、それまで何よりも優先された富国強兵という国家目標から解放されて自由になった。個人と社会と人類の意識が浸透したのである。明治四十年代におこったさまざまな文化運動は、いずれも都市の富裕層の青年たちの先端的な活動であった。

それは個人主義・自由主義の主張を含む個性の尊重、自我の尊厳といった問題意識が中心にあった。しかしそれは資本主義の発達に伴う社会問題の発生、その解決のための社会政策あるいは社会主義とは別の流れを形成していったのである。非戦論から始まった堺枯川・幸徳秋水・荒畑寒村らの平民社、大逆事件（一九一〇年）を挟んでの売文社、ロシア革命の勃発に刺激されての日本共産党の結成と、社会主義を目指す組織とは大きく対立する宿命にあった。第一次世界大戦と共に、昂揚期に入った大正デモクラシーあるいは大正自由主義は、わずか五年（大正五～十年）にして挫折し、それ以後、左右の急進主義の攻撃でバランスを回復することはなかった。

この個人主義・自由主義の主張が〝教養〟の重視であったことで、〝教養〟とは無力だという印象を敗戦時の知識層が抱いたことは理由のあることであった。西洋史学の野田宣雄氏は『教養市民層からナチズムへ』（名古屋大学出版会、一九八八年）という表題の書物を書き、ワイマール共和国を担った教養市民層が、ナチズムの出現に際し、もろくも崩れ去る様を描いたが、このドイツの場合と同様、日本の場合も教養主義は、たしかに無力に映じたのであった。

唐木順三は、この教養主義を〝型〟の喪失として捉え、かつて日本の知識層でもあった武士階級に、禅と武士道という型があったのに対し、近代日本の知識層は、大正期の教養主義にその典型があるように、型を喪失してしまったのではないかという疑問を呈出し、そのひとつの見本として、阿部次郎の『三太郎の日記』を例として挙げ、その「あれもこれも」公平に摂取できる自己優越性への過信を傲慢と批評し、内面生活に閉じこもる教養派には普遍と個性、神と自我があるだけで社会への意識がないという。

この唐木順三の『現代史への試み』は「型と個性と実存」という副題が附けられている。明治の型、大正の個性、に対して敗戦後のいまを実存の時代として捉えたものといえるが、この現代史への試みは、半面で大きな影響をもったが、半面で十分、読者を納得させなかったようである。当時、筑摩書房の担当編集者であった井上達三氏がこの書物の書評を書いてもらおうと林健太郎氏のところに伺うと、

——これは歴史の本ではありません。

とニべもなく断られてしまったという。林さんはリベラルな都会人だが、昭和二十四（一九四九）年前後はまだ唯物論の信奉者であったか。ともかく歴史学者から見れば、この書物は歴史の書物の条件を満たしていない、と思えたのであろう。そうしたときの林さんのそっけない態度が目に浮かぶようである。

しかし、それにも拘らず『現代史への試み』は昭和三十八年（一九六三）年、新版として増補を加え、筑摩叢書としてながく生命を保ったのである。

『三木清』、『現代史への試み』で、戦後という状況空間の先端に踊り出た唐木順三は、しかし、それ以上、状況の中心に居据わることなく、反転して中世の世界に回帰してしまう。ここにも唐木順三の人生のなぜ？がある。この反転の意味は今後、徐々に考えてゆくことにして、ここでは『現代史への試み』で呈出された問題への私の感想と批判を述べておきたい。

教養主義の批判の批判

その教養主義批判は、そののち何回も繰り返され、その定型を唐木さんがつくってしまい、教養主義批判は、唐木順三の次元以上のものは出ていないということである。

その見本として呈出されるのが、いつも阿部次郎の『三太郎の日記』であるが、阿部次郎の著作全体の分析がなく、教養主義の批判としても『三太郎の日記』が見本として適当であるのか、という問題が残る。

第二は、明治以降の、近代日本の思想史・文化史への展望が不十分であり、また社会思想史・政治思想史との接点も考えられていない。

＊

最初に阿部次郎という存在について考えてみたい。阿部次郎ほど若くして人気を得た哲学者は少なく、その反動もあり、後半生は東北大学に職を得たこともあって、自ら「中央の文壇から紛失した」と自嘲気味に語っているようにその著作を吟味する人も少ない。

たしかに阿部次郎は漱石門下、ケーベル門下の秀才で、岩波書店が漱石の『こころ』で出版活動を開始した翌年、『三太郎の日記』を出版して大ベストセラーとなった。この三太郎と名乗ったことからいっても、それは自己卑下を含めた自己風刺をこめた主人公の日記の体裁をとった内面の記録である。

自己卑下を装いながら自己優越意識が色濃く出ている自我意識の強い男の独白である。誰しも青春時代は自己の能力をめぐって自信と自信喪失の間を揺れる、傷つきやすい季節である。この秀才の内面志向と自我意識が多くの青年学徒を惹きつけたのであろうが、正直いって私は肌が合わず、その上馬鹿値のついた古本を買うこともいまいましく、とうとう、友人の蔵書を拾い読みした程度で、読み通すことをしなかった。

大宅壮一は当時、人格主義を唱えていた四人の青年文士をからかって「人格遊蕩四人兄弟」というレッテルを張った。四人とは阿部次郎、安倍能成《よししげ》、小宮豊隆、和辻哲郎の四人だったと思う。

また池辺三山が招聘した漱石に関し、次第に三山への反対勢力が形成されていったとき、反対勢力が問題視したのは、『朝日』の文芸欄を漱石門下の森田草平、阿部次郎、小宮豊隆などが編集を壟断《ろうだん》していることであったという。

たしかに漱石にも、三山にも気のゆるみがあったのだろう。門下生を甘やかせたことが文芸欄の恣意的編集につながっていったと推察される。

そしてさらに、和辻哲郎のヨーロッパ留学という留守中に、阿部次郎は、和辻照夫人に言い寄るという不倫に近い事件を起こしてしまった。和辻哲郎の予定より早い帰国はこの事件も関連していると思われるが、照夫人から経過を聞いた和辻哲郎は、それまで兄事してきた阿部次郎に絶交状を送るという事態になってしまった。それまで阿部次郎、安倍能成への献辞がかかげられていた『偶像再興』はある版から、その献辞を削除して出版されている。

潔癖な和辻哲郎は時として激情に駆られてはげしい行動に出ることがある。

しかしこうした事態は多くの場合、一方だけを責めることはできない。後年の和辻哲郎は、「いまだったらあそこまで強い態度には出なかっただろう」と反省の弁を述べていたといわれるが、この事件も周辺では周知の事実となってしまった。

こうした、阿部次郎に関しての負の情報を踏まえた上で述べることだが、阿部次郎は十分正当に評価されていないと思う。

私個人の体験では、都立五中の国語の教師で、江戸文学を専攻しておられた眞田幸男氏が、大正自由主義の申し子のような読書家で、阿部次郎の『徳川時代の芸術と社会』（改造社刊、戦後、角川選書）の魅力を語り、自分が江戸文学専攻を決めたのは、この本の影響であることを語ったのであった。当時、黄表紙と浮世絵の世界は、男子一生の仕事と考えられていなかったのであろう。阿部次郎自身も「精算されるべき封建思想」と規定しながら、その魅力を語っているのだが、眞田幸男氏も阿部次郎によって免罪符を得たのであろう。

しかし、こうした影響は眞田氏に限らない。後年、日本経済新聞が〝一冊の本〟という各界の名士に語ってもらったシリーズで、西鶴の専門家の京都大学の野間光辰《こうしん》氏が、江戸文学専攻を決めた一冊の本として、阿部次郎の『徳川時代の芸術と社会』を挙げていたのである。

私自身、このお二人の証言から、編集者となってから、この書物を手にして、奇妙に粘着力のある文体と遊里の世界の不思議な魅力を教えられたのであった。

そうした経緯のあと、学生時代に読んだ阿部次郎の「教養の問題」という文章（学生叢書）を思い出してみると、『三太郎の日記』とは大分トーンが異なり、教養とは「あれもこれも」知ることではなく、ひとつの対象を真剣に愛することから始まるという説得力のある文章であった。

それから注意深く阿部次郎周辺の記事を読むようにしているとき、『中央公論』総目次で、大正十（一九二一）年一月号に、「人生批評の原理としての人格主義的見地」と題した阿部次郎の巻頭論文を発見した。

阿部次郎の『人格主義』という書物が岩波書店から出ていることは知っていたが、その文章の原型が、私も関係した『中央公論』に初出の形があることを知って、〝人生批評の原理としての〟という形容句に妙にナマナマしい新鮮さを感じたのである。

少なくとも、教養主義を批判するなら、阿部次郎が公的主張として書いた『人格主義』を素材としてなされるべきであろう。

さらに阿部次郎と同様、人格と教養について語っている点で、和辻哲郎の『偶像再興』は逸することのできない書物である。体験と思索、思索と芸術、芸術と文化という章立てとなっている同書は、若い和辻哲郎のマニフェストであり、若々しい感性が柔軟に働いて、『古寺巡礼』とはちがった影響力をもっている。とくに第一次大戦後のデモクラシーの風潮についての感じ方はいまでも新しい。「すべての芽を培え」「樹の根」の二つの文章が教養の意味について直接語っている。

ただこうした大正教養主義は、阿部次郎や和辻哲郎個人の趣向として出てきたわけではない。そこには明治における西洋哲学の受容の過程があり、西周や中江兆民などの段階を経て、大学の正規の講義内容となったとき、学者たちが等しく直面したのは、ヨーロッパの哲学思潮が新カント派の最盛期にあったことである。

桑木厳翼《げんよく》『カントと現代の哲学』（一九一七年、岩波書店）

朝永三十郎『近世に於ける「我」の自覚史』（一九一六年、宝文館）はそうした潮流研究の成果として有名な書物であるが、最近になって私は古本屋で、西田幾多郎の『現代に於ける理想主義の哲学』（一九一七年）という弘道館発行の書物があることを知ってホウッと思った。留学の機会がなかった西田幾多郎もまたヨーロッパの新傾向について敏感であり、熱心に研究したのであって、『善の研究』（一九一一年）だけが喧伝されることも、一面的であるといわねばなるまい。

こうした哲学史の傾向は、いずれもカント哲学の再評価の流れであり、自我もしくは人格に関しての言及があることである。人格もしくは人格主義の主張についてはこうした哲学史的背景を無視することはできない。

さらにいえることは、人格の成長と発展を重視する教養主義は、その淵源は、カントと共にゲーテ、そして言語学者のウイリアム・フムボルトに由来しており、この三人の学匠の正確な理解の上で、教養主義の批判をすることが義務であろう。『三太郎の日記』で教養主義を論ずることはもう辞めるべきだ。

ちなみに阿部次郎と共に教養主義の代表であった和辻哲郎は、そののち転向して、人格主義ならぬ、『人間の学としての倫理学』を展開することになる。

それは倫理を内面の問題としてでなく、人間関係にみる独創的な体系で、そのため、人間関係の組織化としての人倫的組織＝共同体の考察に課題の中心が移り、社会学的に多様なテーマを考察対象としており、個人主義の倫理学を越えるものとして、今日も評価が高いのだが、ただ、和辻倫理学が人格の問題を無視、軽視、排除したのでないことは、『人格と人類性』（一九三八年）を『倫理学』の補説として出版していることからも解る。

和辻倫理学を、国家主義的偏向とみる見方も多いが、それはまちがいで、個人主義を越えながら、きわめてリベラルな体系であることを強調しておきたい。

*

新カント派の哲学は、日本ではマルクス主義の流行と、そののちの現象学の流行で、影が薄くなり、話題とならなくなってきているが、もう一度、再評価されるべきだと思う。

とくに自然科学を普遍化を目指す科学とするならば、文化科学を個別化を認識する科学として考える、科学の分類は今日でも、人文科学を考える基礎として有効である。歴史を唯一回限り生起する出来事として考える考え方も、新カント派、遡ればカントに由来するのであり、今日も有効で大切な概念である。

さらに、半ば私の空想に属するのだが、歴史学の大家、L・ランケの「それぞれの時代は直接神につながるものでなければならない」という命題のなかにも、やはり、カントが存在し、永久にヘーゲル・マルクス流の弁証法を批判する役割を担っているのではないかと思う。人間と歴史の世界には、一貫して人格性が貫かれており、それが、人間と歴史における尊厳性を保証するものだと思う。

このような広い視野に立てば、教養主義の没落などは、話題にならないだろう。

＊

さらに教養主義批判の問題は、教養主義を社会思想、政治思想の文脈との関連で考えていないことである。

教養主義には社会性がない、とは唐木順三の批判でもあるが、そんなことはない。阿部次郎の世界に社会性が乏しかったことはあるかもしれないが、それは彼が哲学科出身で倫理学・美学専攻であり、次第に世界文学・比較文学・日本文学に関心が移っていったという経歴と関係があるかもしれない。

あるいは社会主義者から労働者と資本家の階級闘争の間にあって人格主義者はどうするのかと問いつめられ、「赤十字の精神で公平に対処したい」と言ったことが、失笑を買ったこともゴシップとしてあるかもしれない。

左翼の人々の悪い癖で、唯物史観と階級対立に関するマルクス主義の公理を振り廻し、その公理を知らぬ人間を冷笑する、意識が低いとレッテルを張るといった行為が戦前も戦後もあった。コミュニストたちは階級対立を煽り立て、資本家の中にわからず屋があったことも事実だが、日本的労使関係は結局、労使協調路線が大勢となり、労働団体の権利が保証され、社会保障制度が整ったとき、固定観念の搾取という実態は消えたのであった。

もちろん、戦後の初期にはこうした社会的結末はわかっていない。

昭和十年代、教養主義の旗手となったのは河合栄治郎であった。東大を休職処分となり著作が発禁処分となり、国を相手に裁判で争っている最中、学生向けの学生叢書を日本評論社から続々と発行した。学生と教養、学生と読書、学生と哲学……。

それらは戦争の拡大する中で指針を求めていた学生の気分を捉え、ベストセラーとなり戦後、河合栄治郎が亡くなったのちも、三木清と同様、悲劇の思想家として復活し、〝自由の擁護〟者としての河合栄治郎として再認識され、河合の著作がすべて復刊され、同時に、学生叢書も復刊されて読まれたのであった。大正期の教養主義は、昭和初頭の社会主義・共産主義・満洲事変以後の国家主義・ファシズムという波をくぐり抜け、河合栄治郎の手で復活したといえるかもしれない。

この河合栄治郎は社会思想を専門とする経済学部の教授であり、社会性がないなどとはいえない。彼は最初、農商務省の官僚となり進歩的な工場法——労働者を保護するための制定に努力——、その法案が潰されたとき、官を辞したのであった。

ドイツ視察に出かけてヒトラー政権の成立を目の当りにし、帰国して青年将校の二・二六事件のおこったとき、真正面から〝ファシズム批判〟の文章を書いた、唯一の学者であり、思想家であった。

これは慶応大学教授で同じく社会思想史専攻であった小泉信三——河合栄治郎との間に交流があった——が、戦後、共産党の活動がもっとも華やかだったころに、『共産主義批判の常識』（文藝春秋社）を書いた行為と照応しているかもしれない。

河合栄治郎も小泉信三もヨーロッパ留学を経験した自由主義者であり、社会問題への関心から社会政策を専門とした点でも共通している。

その河合栄治郎は晩年、弟子の木村健康と共に『教養文献解題』を書物として企画し、戦後、河合の没後に出版されたが、この『教養文献解題』と並んで『社会科学文献解題』が企画されていたという。もし、それが完成していたら、教養主義がどのような文脈で社会問題につながるのか、体系的に理解できたかもしれない。

おそらく、ヨーロッパでも日本でも、自由主義の発展と関連するテーマとなっていたことだろう。教養主義や文化主義に伴う行動力の欠如は、ある場合に陥りがちな欠陥であって教養そのものの欠陥ではない。教養主義は社会思想としての自由主義の函数であり、少なくともリベラルな態度、雰囲気が社会に存在するときに意識される課題である。教養の観念は、自由主義のもつ相対主義、寛容の思想と関連している。

教養とは、人間性に基いたバランス感覚のある判断力を指すのであろう。それは時として審美的な傾きが出るかもしれないが、判断力が態度決定、政策決定として実る場合もあるだろう。

教養とは豊かな社会・文化を形成する判断力の基礎を養うものといってよいかもしれない。二十一世紀に教養はどのように習得されるのか、私は知らない。しかし、教養を欠いた社会は野蛮な社会になることはまちがいない。

いささか〝教養主義の批判の批判〟に筆が走りすぎたかもしれない。それは唐木順三の『現代史への試み』でなされた教養主義の批判がひとつの定型となり、今日の批判もあまりその域を出ていないこと、そしてまた唐木順三の批判そのものが吟味すべき問題を内包しており、その点を補完的に述べておこう。

『現代史への試み』に「型と個性と実存」という副題が附いているように、大正教養派以前の明治の知識人にはひとつの型があったという認識がこの文章を成立させているのだが、その型とはどのような歴史的形成物であったのか、十分説得的な説明がない。

型をもっていた明治の知識人、漱石、鷗外、二葉亭、内村鑑三、西田幾多郎などは維新前後に生れ、中国の四書五経といった古典を幼少のころに素読として学んだ世代であり、生活に型をもっていたという。これに反し、大正教養派を形成する明治二十年代生れは、すでに幼少時にその柔軟な骨格を型に形成する規範がなくなっていた——（同書、三六頁）という。

たしかにこういう傾向はあろうが、実感的経験的考察であって、十分な裏附けはない。こうした明治の知識人は、江戸期の、仁斎、徂徠、宣長といった知識人とは同じ型なのだろうか。明治の変革期を経験し、その最中にいた世代の人々が、安定した型の生活をしていたとは思えないのである。

それでも武士道があり、素読世代という規定にはなにがしか納得させるものがある。それとの対比において個性と実存はどうであろうか。教養派は個性をいい、三木清も最初のエッセイで個性について書いた。しかし、型を失った世代の自己主張としても如何にも弱い。阿部次郎は人格主義を説き、河合栄次郎は自由主義を称えた。「個性には唯一性、一回性、不可分性とともに、他によっておきかへることの出来ない意味と価値とが前提されてゐる。意味と価値とを與へる者は誰か？　当然それは普遍である神である。個性は神の似姿であり、似姿であることによって小宇宙である」（同書、七六頁）という美しい規定はあるものの、存在として影が薄い。

しかし実存となると、戦後の流行語だっただけにもっと始末が悪い。「実存は個性とは逆に、自己の存在に意味も価値も認めえないところにある。普遍や神との縦の糸は完くたちきれてゐる。人間と人間を横につなぐ道徳も慣習もないところにゐる。完き単独者、孤独者である。」（同書、七七頁）という規定はあるものの、こうした意味での実存は、日本語の日常語として定着しなかった。

キェルケゴールが熱病のように流行したことは事実である。椎名麟三の文学が、昭和二十年代、実存的文学、実存の文学として読まれたことも事実である。しかし、昭和三十年代以降、まったく日常語として使われていない。

＊

『現代史への試み』は、問題提起の書としてながく読まれたものの、太宰や安吾のような決定的文章とはならなかった。丸山眞男の文章はより鋭いポレミックとして問題を投げかけた。しかし、唐木順三はまだ自分の言葉をもっていなかったといえるかもしれない。

唐木順三はその意味では依然として模索の人、思索の人であって、すぐれた発言者、表現者ではなかった。

編集者、唐木順三

表現者としてまだ未熟だった唐木順三だが、編集者としての唐木順三は未熟だったわけではない。というより用意周到、筆者への心配りにおいて万全であり、礼をつくし、説得力のある編集者として筆者に相対した。

ただ、これは古田晁、臼井吉見との了解事項でもあったろうが、唐木順三の守備範囲は彼の出身である京大哲学科を中心としており、その意味では、かつての師友との関係を筆者と編集者との関係に置き変えればよい気安さはあったであろう。しかしその場合でも唐木順三は仕事の仕方が丹念であった。

西田幾多郎の場合は、京大定年後、鎌倉に移っていたから、早くから鎌倉詣でをしていたらしい。それは編集者というより、西田幾多郎に心酔していた哲学徒としての訪問であったろう。唐木さんはかしこまりながら、親しみをこめた雑談のできる間柄であったらしい。

昭和二十(一九四五)年四月、唐木さんは中村光夫を伴って、鎌倉姥《うば》ケ谷を訪問している。戦局がはげしくなり、訪問もできにくくなって、鎌倉に住んでいる中村光夫を西田幾多郎係にするつもりだったのだろうと中村光夫自身が書いている。その六月に西田幾多郎は亡くなるのだが、「そのとき、西田幾多郎は唐木さんだけを呼んで口をよせて、沈痛な表情でささやいていた、といいます」と(中村光夫『憂しと見し世』一九七四年、筑摩書房刊)。それは三木清が警察に捕まったことを聞き心配していたようで、たしかに三木清のことなら、西田は唐木との間で、一切気兼ねなく話し合える間柄だったといえるだろう。

また、唐木順三は初期の和辻哲郎の著作の愛読者であったらしく、唐木自身の文章のなかにも引用されているが、編集者としても、和辻哲郎に対して有能に振舞ったらしい。

和辻哲郎は、昭和九(一九三四)年、京大から東大に移り、練馬の江古田で、相模から移築した古い田舎家に住んでいた。この練馬の和辻邸には、古田晁共々、唐木順三も足を運んだらしい。かつて大正年間に内田老鶴圃から出て、ながらく絶版になっていた『ニイチエ研究』、『ゼエレン・キェルケゴオル』を新版として筑摩書房から出版できないか、というのが古田・唐木の狙いであったらしい。

和辻哲郎という人はこうした交渉になるとなかなか慎重な人で、簡単にウンとはいわなかったらしい。そのとき、唐木順三が、

――書物も出版されてもう三十年になります。もうそろそろ、独り歩きさせてもよいのではないですか。

これは著作家に対して絶妙な効果をもつ殺し文句である。この一言で和辻哲郎もついに承諾したという。

こうした殺し文句は、編集者の方に、著作に対する正確な認識と愛情がないと出てこないものである。著作者に対するオトシ所を心得た憎い演技というべきであろう。こうした伏線があって、戦後の和辻哲郎の『展望』への執筆、『鎖国』の出版が次第に可能になっていったのである。

＊

田辺元の場合は、敗戦の昭和二十（一九四五）年が、ちょうど、京大定年退官の年であった。退官した田辺元は、北軽井沢の別荘に居を移し、北軽井沢を永住の地と定めたのであった。

田辺元周辺に関して、最近、新資料が出てきて話題となっている。もっとも人々を驚かせたのが、野上弥生子《のがみやえこ》との往復書簡であろう。北軽井沢での近所つき合いであり、最初は田辺元夫人と野上弥生子とのつきあいであったものが、田辺夫人が先立つことで、田辺元と野上弥生子とのつきあいとなり、そのつきあいがひと通りのものではなく、文学的思想的対話となり、やがて恋愛感情を含めた高度な文章となってゆく。

私自身も一度、北軽の野上さんの別荘に伺ったことがあり、そのこわい印象は強烈だっただけに、老哲学者と作家との往復書簡にほほえましい、救われる気分になった。

科学哲学という田辺元の出自から見ると、下村寅太郎が正統的な弟子となる。この下村寅太郎氏が九十二歳まで生き、最近亡くなられたために、下村さんの書斎・書庫から大量の新資料が出てきたのである。

田辺―野上だけでなく、田辺―唐木往復書簡、また下村―唐木往復書簡なども出てきている。下村寅太郎は明治三十六（一九〇三）年京都生れ、京大哲学科のなかで唯一の京都人だったというのは面白い。唐木順三の五年先輩に当るが、昭和十六（一九四一）年、東京文理大に転出した。かつての仲間から離れたことは寂しくもあったが、ホッとした解放感もあったという。独自の精神史的科学哲学史を開拓し、晩年は、広く多様な芸術史、文化史上の著作が多い。唐木順三とは、主として師の田辺元に関して、寒い北軽からの転居を相談し合う相手でもあったらしい。

田辺元は、唐木順三、井上達三の努力で、岩波書店から筑摩書房に主たる版元を移すことになり、『哲学入門』という大ベストセラー、『キリスト教の弁証』、『実存と愛と実践』、『ヴァレリーの芸術哲学』そして最後には全集までも筑摩から出すことになる。実務における井上達三の献身的努力と唐木順三の仲介が大きな作用を成したのであろう。岩波書店は、岩波茂雄の昭和二十一（一九四六）年の死後、急速に哲学出版から離れてゆくことになるが、田辺元と精神的につながる人もなくなっていったのだろう。

『哲学入門』に関しては「碩学に入門書を書いてもらうこと」を竹之内静雄が提案し、最初は懐疑的だった唐木順三も再考し、北軽に少人数の希望者を集めて、田辺元が講義したその講義案がモトになったらしい。

この唐木順三と田辺元の間の往復書簡も近く本になるようだが、個人的な私信に類するものから、原稿執筆、出版に関してまで、かなり膨大なものとなるらしい。

しかし、この唐木順三と田辺元の関係そのものはかなり複雑、微妙なものであったらしい。これは田辺元の死後、唐木順三の書いた未発表の文章に端的に書かれているが（最近関係者のご好意で、私の手許にコピーがある）、西田幾多郎に率直な敬意と思慕を寄せている唐木順三が、田辺元にはかなり手きびしい感想を抱いていたことがわかる。本来、葬儀委員の一人だった唐木順三は、体も壊していたのだが、弔辞を読むと、うっかりするとその微妙な次元に触れる危険を自ら感じて、田辺元の絶筆『メメント・モリ』（しゃれこうべ）を朗読することで責をふさいだという。

未発表の文章はその葬儀のあと書かれたものらしい。その問題の箇所を抜き書きする。

――私はいままでの先生との間柄上、追悼の辞を述べるべきだと自分でも思ひ、また述べたくもあった。昭和二十年に先生が北軽へ居を移されて以来、そこを最も多く訪れた一人は私であった。（略）私は先生の表側の学問の上のことはともかくとして、一個の人間としての先生を、知ってゐると自認してゐる。それだけに話しにくかった。先生についての統一したイメージをもちかねてゐた。現にいまももちかねてゐる。

――先生が私にとって偉いと思はれる点は、むしろ最後まで私に統一像を描きださせなかったといふことにあるといってもいい。

――いちばん安心して言へるのは、先生が碩学であったといふことである。先生の学識は文字通り古今東西に互ってゐた。プラトンからハイデッガアまで、論理哲学から芸術哲学まで、先生は精緻に知ってゐられた。先生の頭脳の中に整理戸棚があって、そのひとつひとつの引出にすっかり整理されて蔵はれてゐるやうにみえた。

――『懺悔道としての哲学』（一九四六年）以来、従来の哲学概念を否定する因子が強くでてきてゐる。（略）ところで先生は果して懺悔道の実践者であったのか。

――先生はみづからの「七花八裂」の苦しみを語ってゐられる。だが畢竟じていへば、これも先生の頭の中のことであった。七花八裂といへば、私は太宰治を思ひだす。太宰とは数回直接に会ってゐた。これは文字通り、身を以ってする七花八裂、全生活をあげて花と破れ散った。

——果して先生は天空開豁《かいかつ》の境に出られたのであろうか。しかし私は先生にその境を感じなかった。先生は寒山拾得の呵々大笑とは遠い。

——科学においてはもちろん、芸術においてさへも、必ずしも人とその業績が一致しなくともよい。然し哲学は一方においては思惟の操作であるとともに、人間内奥の欲求でもあり、勝義に研究主体にかかはるものである。

——先生は『キリスト教の弁証』（一九四八年）の中で、「われ信ず、わが不信を助けたまへ」といふマルコ伝の言葉を度々引いてゐる。これは先生の信仰告白であらうか。それとも哲学であらうか。かういふ問ひの仕方そのものが、不遜といへば不遜、見当外れといへば見当外れであるが、それを承知してゐて、然もそれを問ひたいものが私にある。（略）

（一九六二年七月三十日、清里高原にて。未発表）

第五章　反転――中世へ――ニヒリズムとしての現代

「イロニイやシニシズムはここにおいて単に反語や皮肉ではない。無言の言をいうというところから起るやむをえないスタイルということになろう。哲学はここで詩に近づいてくる。」

唐木順三『詩とデカダンス』

戦後の底流にあったもの

唐木順三は、戦後まもなく、昭和二十年代に同時代から身を引いて、反転して中世の世界に没頭してゆく。なぜこうした態度決定をしたのか。唐木順三の生涯と全著作を通して解釈してゆくほかはないのだが、当時としては随分、思い切った決断だったと思う。

戦後日本は、占領軍によって、徹底した国家と社会の改革を実行した。日本の陸海軍は武装解除されて廃止された。貴族院は解体されて華族制度は廃止された。内務省という大蔵省に匹敵する官僚組織の中枢は解体され、分散させられた。財閥も解体され、農地は解放され、農村地主は膨大な土地を失った。家族制度も廃止されて、結婚は両性の合意によってのみ成立するものとされた。

そうした体制変更は、象徴天皇制と国民主権を基礎とする新憲法制定に表現された。こうした〝民主化〟をもたらした占領軍は、本来、日本の弱体化を狙った抑圧者だったにも拘らず、マッカーサーの政治スタイルもあって解放者としても映じたのであった。占領軍は抑圧者であると同時に解放者という、二重の演技を演じたのである。

当時の日本の世論はおおむね、日本の〝民主化〟を歓迎し、戦後民主主義は、昭和三十五（一九六〇）年の、六〇年安保まで、明るい昂揚期にあった。反体制の安保闘争は、岸内閣を退陣に追いこんだ反面、革新陣営を空中分解させ、共産党のエゴイズムは、共産主義そのものを四分五裂させ、安保以後、昂揚期から内部抗争の時代に入ってゆく。

しかし〝安保〟以後に成立した池田内閣は、岸内閣の強硬姿勢から低姿勢に転じ、対話と寛容をモットーにして、政策の主題を、安保や憲法改正から、所得倍増という経済政策に移行させた。この政策は世論から歓迎され、昭和四十八（一九七三）年の田中角栄内閣の破綻まで、日本社会を経済成長一色に塗りつぶしてしまった。

昭和三十九（一九六四）年のオリンピック開催から昭和四十五（一九七〇）年の万博までは、日本人はまったくオプティミズム一色となり、地上の楽園を信ずるかのような気分が支配した。

一九六六年に始まった中国の文化大革命、ベトナム戦争のエスカレーション、米・欧・日で始まった学生反乱が遠雷のように大きく時代を変えてゆく予兆だったのだが、当時の日本人は、その重大さに気付いてはいなかった。

こうした戦後の日本社会は、ヨーロッパ人のペシミズムを実感することはできなかった。むしろ、日本を占領した米国のアメリカニズムの楽天主義を、無警戒に共有してしまったというのが実情であろう。

＊

しかし、昭和二十年代の戦後の混乱期にはかえって、ヨーロッパのペシミズム、ニヒリズムを共有する土壌が、日本人の社会、意識構造のなかにあった。端的にいって、カール・レーヴィットの『ヨーロッパのニヒリズム』が、当時、ベストセラーだったことでもわかる。唐木順三の拘わりも、このニヒリズムの問題と深く関わっていたように思われる。中世世界への移行期に、唐木順三は『詩とデカダンス』、『詩と哲学の間』という二冊の書物を出しているが、その中に、唐木順三が、自らを中世に反転させた理由なり、気分なりが反映されているはずである。

戦後日本では、アメリカン・デモクラシーの影響下で、近代化の大合唱が続いたが、もう少し注意深く見ると、底流にそれとは異なる低音の主張があったことに気付く。

ニヒリズムとしての現代

唐木順三は『詩と哲学の間』（創文社、一九五七年）のあとがきで次のように述べている。

――この書は、いはば私の近代批判である。近代の詩人や思想家の運命、別言すればその孤独な運命を扱ってゐるといってもいいだらう。もっと私自身に即していへば、近代が必然的に生みだしたニヒリズムから如何にして脱出できるかといふ可能性の探究、模索であるとしてもいい。ここに収めたものは、講座や雑誌のそのときどきの課題によって書いたものが多く、一貫した立場から書いたわけではないのだが、今度校正刷でよんで、私のこの数年来の関心が、ニヒリズムからの脱出にあったことを、あらためて思ひ知った次第である。

という感慨をもらしている。この本自体はあまり強い印象をあたえないが、「方法と方法化しえないもの」という未発表のヴァレリー論を中心に、近代芸術論の連作になっている。当時は講座も雑誌も無数にあり、とくに『展望』は自分たちの雑誌であるから、気楽に書くことができたのであろう。この書物が、中途半端な感じをあたえるのは、『展望』休刊で、予定が狂ったことも一因かもしれない。

しかし、唐木順三にとって、〝ニヒリズムからの脱出〟が最大の関心事であったことは重要である。

唐木順三は昭和二十七（一九五二）年、『詩とデカダンス』を書き、『自殺について』を続けて書いてから昭和三十（一九五五）年、『中世の文学』を書き、読売文学賞をもらった。戦争を間に挟み、三十年近い模索と遍歴ののちに、唐木順三も、世間から公認された批評家になったのである。

この転換の過程を示すものとして、『詩とデカダンス』は重要な書物だと思うし、私自身、学生時代に、フォルミカ選書（創文社）の一冊として発刊された当時、手に入れて愛読した覚えがある忘れがたい一冊である。と同時に唐木順三が、初めて自分の人生と文学のスタイルを発見し、造形しえた書物ではなかったかと思う。

しかし、この記念碑的作品の分析に入る前に、当時の一般状況の中に、ニヒリズムの影を拾ってみよう。

第四章「戦後という空間」で、昭和二十年代のニヒルな気分、雰囲気には触れた。しかし、唐木順三の『現代史への試み』の感想と批判を述べてゆくうちに、教養主義への批判の批判というテーマが膨んでしまい、戦後のニヒリズムの意識と自覚を掘り下げるまでに至らなかった。

戦後の昭和二十年代には、敗戦の衝撃から戦中・戦後の双方を否定する虚無の空間がぽっかりと花開いた瞬間があった。太宰の文学も安吾の文学も、まさにその象徴であった。そしてこの時代の思想的産物であり、遺産としての作品を一つ挙げるとすれば、西谷啓治の『ニヒリズム』（アテネ新書・弘文堂、一九四九年、のち国際日本研究所、一九六六年）ではなかったかと、最近になって私自身、考えるようになった。というより、この唐木順三論を書き進めてゆくうちに、そうした仮説に思い到ったのである。

かつて読んだカール・レーヴィットの『ヨーロッパのニヒリズム』も密度の濃い名著であった印象があるが、西谷啓治の『ニヒリズム』は、それ以上に、平明、達意な文章で、ヨーロッパのニヒリズムの成立過程を丹念に追い、ヨーロッパの思想史への正確で厳密な理解と解釈で、読者を納得させる名著である。

西谷啓治は、カントからヘーゲルまでのドイツ観念論は、そのアイデアリズムへの反動として、リアリズムを抬頭させた。そのリアリズムとは三つの方向に展開された。それはショウペンハウエル、キエルケゴール、フォイエルバッハの三人であるという。ショウペンハウエルは意志の形而上学を通して新しい「解脱」の可能を、キエルケゴールは実存主義を通して新しい「信仰」の可能を、フォイエルバッハは人間学を通して新しい「人間性」の可能を提起したという。

このリアリズムの潮流は、やがてニヒリズムへと流れこんでゆく。その背景には近代のフランス革命や産業革命、さらには十九世紀の自然科学の発達による、中世から近世に至るキリスト教倫理と信仰という超越的な神を前提とする価値体系の空洞化があったという。

こうして生まれたニーチェは、最初の完全なるニヒリストであり、さらに肯定的ニヒリズムであるという。西谷啓治はヨーロッパのニヒリズムの中心にニーチェを置き、その先立ちとして『唯一者とその所有』（一八四四年）を書いたスティルナーを評価し、またニーチェの後継としてハイデッガーをニヒリズムの哲学と評価する。

ハイデッガーの位置付けはすでに定評となっていたであろうが、スティルナーという極端な自我主義を〃エゴイズムとしてのニヒリズム〃としてニーチェの先立ちとしたところが面白い。もちろん、それは西谷啓治の独創ではなく、ヨーロッパの思想界の議論であるが、『ニヒリズム』で示した西谷啓治の構図は、それまでの哲学史といえば、マルクスで終っていたような教科書が日本では多かったなかで、二〇世紀の思想界への案内書としても面白い解釈であるし、新鮮な印象を与える。

その上、西谷さんのことであるから、日本の立場を論じ、伝統としての仏教や儒教に言及し、先のカール・レーヴィットを引用しながら、日本人が西洋化を決意した、そのときに、ヨーロッパは自己の歴史や文化に絶望し、将来に危機を感じていたこと、孤独のなかで死んだニーチェは「次の戦争が起ったときに、ひとびとは私を理解するであろう」と言っていたことを引用している。

世界はアメリカとソ連という半ヨーロッパが支配する形で進行しているが、どちらもヨーロッパの最上の人々が戦慄しつつ直面したニヒリズム、自己と世界の精神的深処に開かれた虚無の深淵を克服し得るものではない、と西谷さんは断言している。まさに至言である。

ニーチェの予言した「次の戦争」は、二〇世紀中に二度起った。日本人にとって第一次大戦は真の体験とならず、第二次世界大戦では主役の一人を演じ、原爆投下と空襲による都市の壊滅という体験にも拘らず、戦後の復興と経済成長による先進国への仲間入りによって、自らの中のニヒリズムを感じとらなかった。

さらに、二度の大戦はロシア革命と中国革命を引きおこし、共産主義への幻想が、日本社会の中でも、大震災以後、また戦後の毛沢東中国への熱い共感として抱かれた。

日本では、共産革命への幻想は、浅間山荘事件と連合赤軍事件を経て、初めて幻想として自覚できたのであった。

ニヒリズムとしてのナチズム

もうひとつ考えておくべきことは、ヨーロッパのニヒリズムは、ドイツのナチズムそのもののなかに表現されており、第二次世界大戦はこのナチズムのニヒリズム（狂気）から起ったという判断と解釈である。

それは、丸山眞男のナチズム理解にも示されているが（『現代政治の思想と行動』）、ヨーロッパの議論ではヘルマン・ラウシュニングの『ニヒリズムの革命』（一九三八年、のち一九六四年新版、邦訳、一九七二年、筑摩叢書）が古典的作品であろう。自ら、その初期にはナチスの運動に参加したラウシュニングは、ヒトラーの独裁と暴力、そして組織と宣伝の実態を内部から観察するうちに、脱党・亡命した存在だけに、実感に満ち、ナチズムをニヒリズムの革命と称した彼の分析の鋭さが読者にも身近に伝ってくる。カール・シュミットの著作と共に、ナチス理解、現代政治理解の古典といえるであろう。

ニーチェこそ、ナチズムの祖だという見方が昔からあるが、ニーチェの超人の思想、権力への意志といった発想に、共通した気分があることは否定できない。それはニーチェの不名誉としてではなく、ニヒリズムのもつ深刻な悪魔性と解釈すべきだろう。

また、ドイツナチズムとの比較において、日本の軍国主義、超国家主義を、天皇制国家から生まれた系とする歴史観がながく支配したが、どうも丸山眞男の分析の単純化、極端化のような気がする。天皇・重臣・近衛新体制と軍部との角逐・抗争が実態だったようで、その軍部も、青年将校に押されての下克上であった面が強い。ただ、世界中に戦禍が拡大する過程で軍部の統制派と統制官僚、いわゆる〝革新派〟が総力戦に備えての総動員体制を強化していった過程があり、太平洋戦争を一部の軍国主義者たちの起こした戦争ともいえない。そしてまたルーズベルトのアメリカも、日本への経済制裁を強めていったのであり、日本の真珠湾攻撃を不法な奇襲とする物語も真実とはいえまい。

むしろ、一九三〇年代の日本には、近衛新体制にもナチズムのニヒリズムはなく、敗戦後の復興期にも気分だけで、ニヒリズムの思想的深化を伴わなかったことは、日本人の気質の不思議を物語る。認識としてのニヒリズムは、日本では一九八九年のベルリンの壁崩壊、あるいは、二〇〇一年九月一一日のイスラム・テロリズム以降かもしれない。日本人にとって、ヨーロッパ人が二〇世紀で味わった問題は、二十一世紀の課題だといえるかもしれない。

『詩とデカダンス』の世界

この書物の初版は昭和二十七（一九五二）年にフォルミカ選書（創文社）の一冊として公刊された。初版だけに終った不運な書物と著者は語っているが、私自身は大学時代発刊直後、書店で買って読んでいる。

表題も洒落ていて私の気分にあったが、内容も面白く、一気に読了した記憶がある。そののち、内容の方は忘れてしまったが、自分が、幕末の高杉晋作の奇妙な魅力に惹かれて、その魅力の性格を分析してみたく、評伝的紀行文を書いたことがある（『面白きこともなき世を面白く——高杉晋作遊記』新潮社、一九八四年）。書いてゆくうちに、高杉のダンディズム（伊達男）が魅力の中心であることがわかり、『詩とデカダンス』ならぬ、〝革命とデカダンス〟が高杉の生涯のテーマであることを悟った。革命もまた詩だと考えればまさに『詩とダカデンス』の世界であろう。

唐木さんの発想の影響がこうした形で出てきたことに私自身、驚いたのであった。それは余談だが、この書物には、それまでの唐木さんの書物が模索と思索の覚え書だったのと比べて、どこかに独自の文章のリズムが出てきている。まだ固い部分は随所にあるが、唐木さん独自の世界が、端緒として出てきている感じがある。

それは、唐木順三が、ヨーロッパ近代が帰結したニヒリズム――そのニヒリズムからの脱却を目指したとき、たまたま書いた文章から、ダンディズムとデカダンスとニヒリズムの間の内的連関に思い至り、デカダンスの諸相をボードレールに始まるヨーロッパの詩と哲学の系譜のなかに見出したこと、またニヒリズムからの脱却には、「ニヒリズムを徹底させ、ニヒルをもニヒル化するという道、無をも無化し、空をも空ずるという方向より外に、それを超える道はないと思うにいたった」こと（新版のための序、一九六六年）。「日本の中世の宗教や文学即ち伝統をもういちど考えてみるべきであると思い、そこに入っていった」その端緒が、この書物に示されている、と著者自身語っている。

＊

この書物は四章から構成されている。

「事実と虚構」
「狂の諸相」
「教養と魔術」
「近代における芸術の運命」

しかし、その核心は前の二章にあるといってよい。後の二章も関連したテーマであるが直接のテーマから離れた主題である。ここでは前の二章に絞って紹介してゆこう。

――近代戦は総力戦という形をとらざるを得ない。すべての人間と資材を戦争目的のために動員する。大量の動員とそれの急速な戦略化のためには強力な統制が必要である。（略）（日本は――引用者注）統制による秩序化、魔術による一体化の極限において崩壊した。そしてそれは二週間後の被占領によってうけつがれた。魔術の魔術性が自覚的に意識されるとともに、占領政策によって意識的に暴露が企図された。魔術性を暴露する魔術が統制的計画的に遂行せられたわけである。（同書二一四頁）

これが唐木順三の敗戦に対する基本認識であり、本書の冒頭の言葉である。

――吾々の場合、ひとつの秩序の崩壊は他の秩序によって受けつがれた。そこには間といものがなかった。従って間の露呈する深淵はついに表面に出なかった。（二五頁）

また世界情勢については、

――二大勢力の最も恐れるものは、相互の敵国であることはもとよりだが、これは具体的な形をもっているから解りやすい。何より恐いものはニヒリズムのわけだが、彼らの十八世紀的な若さがそれを無視しているのか、それともニヒリズムは自国内では既に克服されたのか。ヨーロッパの弱小化はニヒリズムをも弱小化させたというのか。いや彼らこそニヒリズムそのものだと、十九世紀の二人の予言者、ニーチェとドストエフスキーが言っている。自らがニヒリズムであることを知らない若さが、進歩と幸福の曲を奏でているというわけである。（二六頁）

と面白いことを言っている。アメリカもロシアも今日になってこうした予言の怖さを実感しているることだろう。

そして次のような実感と認識が、デカダンスの現代における重要性を示唆しているのである。

——自己がニヒリズムを体現していながらそれを自覚しない時代こそ文字通りデカダンスの時代である。人間の頽落、堕落、頽廃の時代である。

ここにおいて、詩人と哲学者とデカダンスとの出会いが語られる。

——自己のデカダンスたることを積極的に肯定し、デカダンを選びとることによって他と区別する場合もあろう。それは詩人の感覚によるものである。最後にデカダンにして端緒と名乗る「哲学者」の場合である。（略）様々なる意匠の底に何があるか。意匠をその根とのつながりにおいて観じ、自己をそれとのつながりにおいて行じようとするニヒリズムである。イロニイやシニシズムはここにおいて単に反語や皮肉ではない。無言の言をいうというところから起るやむをえないスタイルということになろう。哲学はここで詩に近づいてくる。

（二九—三〇頁）

詩と哲学は本来親縁性がある。唐木順三の場合、デカダンという現象、もしくはデカダンという生き方を通して、この詩と哲学の親縁性を実感として掴んだのであろう。この実感こそ本書を成立させた根源のモチーフである。

事実と虚構

ここで、唐木さんは、ポール・ヴァレリーの考察を引用しながら議論を進める。もはや今日ではヴァレリーについて語る人は少なくなったが、時を経てその文章に接すると、面白いことを発見する。それはまさに、この〝事実と虚構〟の問題と関連する。ともかく、ヴァレリーは、日本では筑摩書房のものであった。筑摩書房は、戦前にヴァレリー全集を企画し、戦争で挫折したが、戦後、改めて新しい全集を再出発させ、完成させている。

直接は、パリでヴァレリーの講義を聞いたことがあるという中村光夫を中心に進められたのであろうが、唐木順三も深い関心をもっていたことはまちがいない。かつてベルグソンを卒論にした唐木さんは、フランスの哲学と思想に強い関心をもっていた。フランス語はできなかったが、ヴァレリーに関する関心と知識は本格的なものであったろう。

ここでの引用は、有名なモンテスキューの『ペルシヤ人の手紙』につけられたヴァレリーの「ペルシヤ人の手紙の序」が中心である。それは、パリにやってきたペルシヤ人の眼を通して、ペルシヤの社会、文明と比較したパリの社会、文明の特性を、相対化し、それぞれの秩序を相対化し、同時に事実と虚構、文明と野蛮の問題が浮かび上ってくる仕掛けになっている。

——パリは文明の中心地であるべき筈であった。だが来てみて現に見たものは不思議な風習を不思議とも思わずにくらしている無知なヨーロッパ人たちであった。ペルシヤ的秩序から見ればパリは野蛮である。（三一—三二頁）

——然し彼等ペルシヤ人たちがフランス人から奇妙な人間と思われなくなるに従って、フランス人たちが彼等の眼に文明人として映ってくるというような変化がある。（三二頁）

そのうちに、ペルシヤ人が留守にしたハレム的秩序の方がおかしくなってくる。

——パリ人の奇妙さ、野蛮さを笑う根拠であったペルシヤ的秩序そのものが崩壊し、パリの野蛮よりも更に原始的な野蛮の事実がペルシヤに起ってきたわけである。（三二頁）

——秩序は常に相対的であると認知すること、そういうことは、すべての魔術からの解放

を意味するものであろう。一般に風刺や批評は魔術の呪縛からの解放を意味する。（三三頁）

――理性への不信は理性的、言語的には表現出来ないという絶体絶命の際で、なおかつそれを言うという人間存在のあわれさとたくましさを理解しえない硬直人にとっては、デカダンスもニヒリズムも無縁なものであろう。（三五頁）

――秩序の恩恵を最も多く受けた者のなかから自由な精神、秩序そのものを批判する精神が芽生えてくるということは今日においても暗示的である。自由になった精神は、精神を自由ならしめた条件であるところの秩序を遠慮会釈なく攻撃し批判し揶揄し始める。推論は理論を呼称して、自分のきりとった可能性を以てすべてを掩わんとする。理論が相互に荒れ狂うこととなり、言葉の不拘束な使用は言論のアナーキイを呼び起す。（三八頁）

――野蛮は事実の時代であり、秩序は擬制の時代であるというのがヴァレリーの出発点であった。（四一頁）

――社会科学は科学的理論であることといいながら、同時に実践という契機を取り入れざるをえない。そして社会運動は当然また魔術的なものを呼び入れる。（四二頁）

――自然は全く客観的対象的に扱いうるという風習はデカルト的乃至近代ヨーロッパ的なものであろう。然し人間を含んだ自然、自然に含まれた人間はすでにゲーテの見地でもあっ

たし、また東洋においては反ってそれが一般であった。（四二頁）

＊

ヴァレリーの考察は、事実は野蛮であり、擬制こそ秩序だという逆説的結論を導く。しかし、秩序は時として野蛮に戻る。人間の世界はこの反覆であり、形式や秩序、信仰や契約による制度は人間を飼い馴らす。それはひとつの魔術であり、魔術からの解放、自由な批判や風刺は形式、秩序を破壊する。

モンテスキューの「ペルシヤ人の手紙」は二〇世紀の人類学者の先駆であり、社会や文明の相対化による文明の反省である。ヴァレリーはその重要性を悟り、現代人に警告したのであろう。

余談になるが、今日のノンフィクション流行《ばやり》は、直接には日本では大宅壮一以来であるが、広くはアメリカ的思考の流入の結果であろう。まさに事実の時代である。しかし思想を否定して事実を追究した結果はどうなったか。世間はスキャンダルにまみれるだけであった。私は前から「フィクションを含まないノンフィクションはなく、ノンフィクションを含まないフィクションもない」という感想をもっていたが、半ヨーロッパのアメリカから渡来した事実信仰も、そろそろ終りにすべきだろう。人間社会、事実の名において、真実を追究してみても、ラッキョの皮むきのように何もでてこない。

余談をもう一つ。唐木順三は、ニーチェが世界解釈の虚妄性を称えたことを重視し、世界解釈を、世界の価値化・秩序化を目指すものとすれば、それが虚妄だとなると、世界はバラバラの断片になってしまう。ニーチェのニヒリズムとはそのことを指す。

しかし、十九世紀には、世界解釈の無効を称えたもう一人の哲学者がいた。「古来、哲学者は世界をさまざまに解釈してきた。しかし問題は世界を変革することだ」と宣言したマルクスである。しかしその変革志向が、ついには共産党独裁、独裁的個人を生んだとすれば、ニーチェもマルクスも罪つくりといえないこともない。

ともかく、唐木順三は、ヴァレリーの事実と虚構という二分法から、東洋に古くからある虚と実、虚実皮膜の間という、風狂、風流の世界を連想し、その世界に没入してゆく。

デカダンスから風狂へ

唐木さんの筆は、日本に戻ってくると、伸びやかでリズムが出てくる。これは臼井吉見とも共通している点であるが、唐木さんも臼井さんも、最初の関心は近代日本文学であり、その仕事も明治以降の日本文学であるが、日本の古典文学、とくに江戸期の文学に関しての素養と造詣は、国文学者たちと拮抗し、その読みの深さは専門家を越えている場合がある。

デカダンスという核心的言語を掴まえることで、そうした日本古典への素養――それは中学・高校時代からのものだろう――もすべてが生かされて、生き生きとしてくる。

ヨーロッパのデカダンスと東洋の風狂・風流が類概念であることに思い至ったとき、その相違点もよく押さえた上で、芭蕉、蕪村の位置を論じ、更に洒落本の山東京伝、滑稽本の十返舎一九、人情本の為永春水等、戯作者の群を念頭において、しゃれ、ざれ、通の世界を語り、粋の世界に至る。

――笑いを失った滑稽、洒洒落落を失った落語、我々の近代はそういう滑稽や洒落しか知らなくなっている。

として、笑いが本来〝こわばり〟の解放であることを強調し、

――存在と流通し、本源といきを通わす詩人を待つこと久しい。風を通さねばならぬ。開けた海への通路をひらかねばならぬ。風立ちぬ、いざ生きよ、と海辺にうたった詩人を我々は同時代にもっているのである。（略）「風の如き実存」と評された芭蕉も我々の血のなかにある。風狂人即風雅人即詩人であったことを、風とともに思いだすことは、単に詩のためば

かりではない。それはひろく価値の転換の問題であるが、まず詩人がそれを感覚することによって端緒となりうるというものであろう。

という文章で、第一章を終えている。唐木順三にとって、いまやヨーロッパのデカダンスと、東洋の風狂とが結びつき、詩と哲学が融けあう境地が生まれたのである。

私自身、詩と哲学の親縁性は早くから感じていた。おそらくそのことが本書への共鳴音を高くした理由であろう。

詩とは存在と世界への根源的直観であり、哲学とは存在と世界の根源的把握である、と思う。その意味で終りなき散文と細分化する科学とは基本的に性格が異なる。

唐木順三は、このとき、自らを詩人哲学者と自覚したのであろう。この書物にはそうしたことからくる昂揚がある。

第二章の狂の諸相は、そうした唐木さんが素顔に戻って、本郷の骨董屋で一休の偽物に感動した話から始まり、一休という室町期の風狂の詩僧の風姿を語り、明末清初の佯《にせきちがい》狂の画人と呼ばれた八大山人の画を、ある古書肆の図書目録で見つけて購ったことを語りながら、八大山人のデカダンスにつながる佯狂ぶりとその画境を語って楽しげである。

ただ、狂歌師の蜀山人になると、荷風の賞讃に反対して手きびしく、太宰の逸民でありながら逸民であることを自覚していない、と断じ、谷崎潤一郎の『つゆのあとさき』を援用しながら、老荷風の視野の狭さを非難して終っている。

唐木順三は、はっきりと自分の判断と、自分の世界を語り出している。

酒中の真理

この『詩とデカダンス』を書いたころは、筑摩書房の赤字が膨れ上り、『展望』を休刊し、倒産まであと半年といわれたころである。社長の古田晁が、もっとも盛大に呑んだころ、台風のようにハシゴ酒をしたころである。

唐木さんが筑摩に現われると、古田と唐木はそっと編集会議を抜け出し、近くの草野心平のやっている「火の車」から始まり何軒もハシゴしたという。長野県塩尻市の古田記念館に、おそらくそのころの手紙であろう、唐木さんから古田晁への絶交状が展示してあった。そこには「もう酒をやめろ」と大書してあった。臼井吉見も古田晁の泥酔ぶりに怒って、古田が寝ていた枕を蹴とばして「絶交だ！」と叫んで家に帰り、しばらく出社しなかったというから、古田の乱酔、泥酔ぶりは極点に達していたのであろう。まもなく肝臓炎で入院してしまう。

しかし、唐木さんの酔い方もひとを責めることのできるような穏やかなものではない。真夜中に、東大の哲学者S氏宅を襲い（?）、S氏を連れ出してまた呑みに出かけ、明け方に及ぶといったことがしばしばだったという。

三人とも四十代の壮年期、今日ではこうした呑み方、酔い方の人は稀になったようだが、昔はずいぶん無茶をしたものだと思う。唐木さんの場合も、カラミ酒で、ドイツ文学の若いH氏、哲学のT氏など、その被害者は多かったようである。文壇史上、小林秀雄のカラミ酒は有名で、カラまれた相手は泣き出す場合もあったというから、徹底したカラミ方だったようで、この世代ではこうした酒が常態だったのかもしれない。

こうした酔い方は体をこわすし、永く続けるとロクなことにならないが、しかし、反面でストレスを解消して、翌日はさっぱりとして仕事にかかるという人種もまた見かけないことはない。また酒を呑むことで血行がよくなるのか、普段無口な人間も能弁となり、さまざまな想像力が湧いてくる。概して酒を呑めない人種は衛生無害だが面白くないし、文章も同様の場合が多い。

太宰や坂口の酒は自殺行に近いハチャメチャなものだが、それと同時代、同世代の唐木さんや古田晁も、酒中にデカダンスの快感を味わっていたのかもしれない。

これは私自身の余談になるが、学生時代中原中也にぞっこん惚れこんでいた友人がいて、その友人Kが、あるとき、バッカス（酒神）の歌を教えてくれた。酒中に真理ありというラテン語が挿入されていた気がするが、全体は「ノーメノメ、ノーメノメ」と単純な繰り返しである。呑みかつ歌っているうちに、次第に座の連中すべてが楽しくなる不思議な作用をもっていた。人間は古来、酒と共に生きてきたのである。

飲め　飲め　飲め　飲め
世界が回るまで
バッカス　お前の杯にゃ
心配　苦労が　ドンブリコ

Trinken Sie, Trinken Sie,
bis der Welt rollen.
Bacchus, deiner Kübel in,
Schmerzen, Sorgen, Donburiko.

筑摩書房と創文社

ところで、『詩とデカダンス』は創文社の〝フォルミカ選書〟として出版されている。この創文社は、弘文堂から分かれて設立された出版社である。弘文堂は戦前から京都大学文学部、とくに哲学科、史学科とは縁の深い出版社であったが、戦後、労使関係がこじれて倒産状態になり、あとにはW氏が乗りこんできたり、独立して未來社（西谷能雄氏）や創文社（久保井理津男氏）ができ、また組合側だった田村正勝氏がサイマル出版をつくった。

未來社は、丸山眞男や木下順二、花田清輝といった〝戦後派〟を看板としたが、創文社は戦前からの京都学派を中心に据えた。それは創文社が、京都学派の鈴木成高氏を編集顧問として据えたことでもわかる。

昭和二十年代、創文社は、現代史講座、新倫理学講座、現代宗教講座といった、かなり重厚で本格的な内容の講座を学界総動員といった形で編纂した。

私などはとくに現代史講座が面白く、就中全巻をあげての大シンポジウムを昂奮しながら読んだ記憶がある。出席者は、丸山眞男、上原専禄、都留重人といった人々から林健太郎、鈴木成高、竹山道雄といった人々が、一堂に会したわけで、『世界』などでは考えられない組合せで、出席者の発言も『世界』などとはちがう音色を出していたように思う。

私はそんな経験もあって学生時代、鈴木成高氏の許へよくお邪魔するようになり、やがて長者ヶ崎海岸のお宅にまで伺うようになった。

要するに、筑摩書房には唐木順三が、創文社には鈴木成高がいて、そうした最高の読み手が顧問として存在していたことにより、筑摩書房と創文社は、京都学派という共通の性格をながく持ちつづけ、戦後の岩波書店の傾向とはちがった流れを形成していったのである。

西谷啓治の『ニヒリズム』は最初、弘文堂の〝アテネ新書〟として刊行された。そのアテネ新書から、小島祐馬の『中国の革命思想』、鈴木成高の『産業革命』、猪木正道の『ドイツ共産党小史』などが出て、私自身は決定的な影響を受けた。

唐木順三は、こうした京大時代からの仲間、同門の学者たちと不断の対話をつづけていたのである。『詩とデカダンス』はそうした対話の中での産物であり、またそうした営みの出版活動の一環としての産物であった。そのような精神的環境のなかで呼吸できた唐木順三は幸福であった。

西谷啓治は、戦後、京大を追放されたが、のち復帰し、宗教哲学をながく担当した。鈴木成高は、同様に追放されたが、京大には復帰しなかった。しかし、この二人とも、四十代で深刻な体験をしながら、信条的に転向したり、挫折、崩壊することはなかった。それは、二人の戦後の著作の伸びやかな筆致を見ればわかる——。

鈴木成高氏も座談の上手な方だったが、旧友たちのことを語るときは、実に楽しくなつかしげで、さまざまなゴシップを披露されては、文字通り破顔一笑されたのである。

そうしたなかで忘れがたい話をひとつ語っておこう。

——戦時中のこと、京都河原町四条の繁華街で、ばったり、西田先生に出会ったら、先生は私を呼びとめて、おもむろに和服の懐から、Christopher Dowson の原書を取り出し、「君い、ドウソンは、Democracy is Aristocracy for all. と言っているんだね。」といかにも楽しげに感服したさまを無邪気に表現されたんだね。「デモクラシーとは万人のための貴族主義」（でなければならぬ）とは、まさに今日でも痛切な想いで、われわれ自身、噛みしめねばならぬ言葉であろう。

その鈴木成高氏と唐木順三氏の間柄だが、後年、私が編集長をしていた『歴史と人物』誌上で、二人の対談を掲載したことがある。

たしか唐木さんの「あづまみちのく」の連載が終ってからだったと思う。これは唐木さんの発案で、唐木さんが鎌倉の瑞泉寺に交渉して、その一室を借り、般若湯を汲みながらの清談で

あったが、

——成高《しげたか》も、どうも出不精になって困る。

と唐木さんが沈黙しがちの鈴木成高氏の引き立て役を買って出て、鈴木成高氏の言葉を引き出して下さったもので、担当の平林孝君共々、私には二人の間の得もいわれぬ暖かい交情が感じられて、生涯忘れられない一幅の画のような、その対談の場面が記憶の底に焼きついているのである。

第六章　中世的世界の解釈学——無用者の発見

「生身の自己を殺して、面に従わなければならない」

唐木順三『中世の文学』

唐木順三の歩み

『詩とデカダンス』(創文社、一九五二年)で、自らの生きる道の端緒を掴んだ唐木順三は、それから三年の歳月を経て、一九五五年『中世の文学』(筑摩書房)を上梓した。それは、国文学の世界では早くから親しまれてきた『方丈記』や『徒然草』の世界への回帰であった。

しかし、西欧哲学を学び、現代思想と取り組んできた、ひとりの哲学徒の回帰であった。折から、哲学の世界でも、フッサールからハイデッガーへの現象学の流れが主流となり、解釈学的現象学の方法は、日本でも主流となりつつあった。唐木順三の兄事した三木清の『パスカルに於ける人間の研究』も、和辻哲郎の『日本精神史研究』『人間の学としての倫理学』、九鬼周造の『「いき」の構造』『人間と実存』など、同時代の新鮮な解釈学的現象学の方法による先駆的な作品群といってよい。

唐木順三の仕事は、その方法を、日本の中世文学に焦点を当て、自らの生き方のモチーフと関連させて再解釈してゆく作業であった。

『中世の文学』は、中世への回帰を決意した唐木順三が、改めて中世文学を描いて見せた鳥瞰図であった。ある意味で概論ともいえるが、単なる概論書ではなく、唐木順三自身の生き方とも関わる、根源的な問いが含まれており、また哲学徒としての素養が生き、鴨長明や兼好法師という文人を論じながら、道元や親鸞、『正法眼蔵』や『歎異抄』を背景にした骨太な宗教哲学の理解があり、さらに西欧哲学、現代思想への素養が生きて、鴨長明や兼好法師を眺める視野に深さと拡がりをあたえているといえよう。

哲学的思考は時として抽象的で空疎になるが、中世文学の個々の作品、文章に立ち入って、ひとつ、ひとつの言葉の解釈をめぐって、国文学者たちの研究書を十分参照、比較した上で、自らの見解を確定してゆくとき、すべての素養が武器として生きてくる。

鴨長明については、一九四〇年に出版された簗瀬一雄校註の『鴨長明全集』(富山房百科文庫)によったことを明記し、簗瀬氏の努力で長明の全貌が明らかになった、と評価している。

また兼好法師については斉藤清衛氏の『中世日本文学』(文学社、一九三五年)を名著と評価し、『徒然草』の画期性については西尾実氏の『日本文芸史における中世的なるもの』(東京大学出版会、一九五四年)を推賞している。

こうした作業からも解るように、唐木順三は専門の国文学者の仕事を内在的に評価し、すぐれた業績を率直に評価・賞揚しているのである。

言葉の解釈に関しては、座右に大槻文彦の『大言海』を置いて、丹念にその解釈を追い、自らを納得させていっている。

国文学の世界でもすぐれた研究は多いと同時に、中学校でも使われていた手垢のついた書物だけに、愚著も山積していたことだろう。それを選り分けてゆく上で、唐木順三の読書人としての経験と勘がつよく働いていたことであろうし、臼井吉見というこよなき相棒が、国文学全体への展望をもっていたことも大きいだろう。

また、鎌倉仏教の画期的意義については、明治以降、日本の哲学界でも、広い理解と研究が積み重ねられており、広く知識層に受容されていたことが背景としてある。『精神界』を主催した清澤満之の手で『歎異抄』が発見され、大正期には倉田百三の『出家とその弟子』という文学作品として結晶しており、その『歎異抄』は、唐木順三の兄弟子、三木清の枕頭の書でもあった。

道元の『正法眼蔵』についても、西田幾多郎、鈴木大拙の世代でも、つねに話題になっていたであろうし、和辻哲郎に新しい感覚での「沙門道元」(『日本精神史研究』岩波書店、一九二〇―二一年)があり、それに刺激されて書かれた田辺元の『正法眼蔵の哲学私観』がある。

そうした雰囲気の中で、大正・昭和の哲学科の学生の中で、『正法眼蔵』を全巻読破する学生も存在したことを、私は筑摩書房の竹之内静雄氏から度々聞かされて、いささか閉口したことを覚えている――。

こうした共通の雰囲気と知識がいまや唐木順三の志向によって、新たな知的宝庫として輝いてくるのである。

『中世の文学』の構造

『中世の文学』は、最初に〝中世文学の展開〟として、すき、すさび、さび、の三つのキイワードを考察の対象として、その言葉の成立過程と意味内容の多様化の過程が、時代のなかで大切な中心概念として使われ、生かされていったことを探っている。

次に、すきの境地に生きた人物として鴨長明を、すさびの境地に生きた人物として、兼好法師を取り上げ、『方丈記』と『徒然草』を中世文学の代表作として評価し、二人の生涯に沿って、すきとすさびの意義を確定していっている。

次にすき、すさびを止揚するものとしてのさびの体現者として、世阿弥元清を取り上げ、批評的観客的随想的であった兼好から、行為的俳優的実践的なものへの転化が現実的に歴史の上に出てきた、と考える。

「世阿弥の演能といふ行為、また当時の庭作とか書画とか喫茶といふやうな、単に言葉だけにたよらないもの、即ち行為的なものに支へられてつれづれのすさびが、さびとして転化継承されるにいたったと考へる。」と唐木順三は述べているが、面白い考察であると思う。

ところで、本書の構成は、鴨長明↓兼好法師↓世阿弥↓道元↓一休↓芭蕉への道という順序になっているが、一休については、前著『詩とデカダンス』でも取り上げられ、道元については、後の『無常』（筑摩書房、一九六五年）で改めて重要な位置をあたえている。

一休や道元はかなり難しい存在であり、唐木順三は、繰り返し論ずることを避けない。むしろ、唐木順三の癖でもある。森鷗外の場合も『鷗外の精神』のあと、『森鷗外』を改めて書いている。したがって、一休や道元については改めて考えることにして、鴨長明・兼好法師・世阿弥の三者で本書の狙いを考え、最後の〝芭蕉への道〟に及ぼう。その方がこの書物の構成を簡明に理解できるだろう。

鴨長明『方丈記』の世界

唐木順三は『方丈記』を中世文学の初期の傑作として高く評価する。それに比べると、『平家物語』の歴史意識はむしろ「淡い」と面白い判断を示している。

『方丈記』の作者鴨長明（一一五三―一二一六年）は、鴨の河原社の禰宜《ねぎ》（神官の下の位）の家柄に生まれた。それは辛うじて朝廷の世界につながりながら、地下人《じげにん》の位でしかない。

公家の時代から武士の時代へ、平家の興亡、源氏の挙兵、源頼政、木曽義仲の敗死、義経の遁走、頼朝の開幕、一族の不和、実朝の入宋の企てなど、貴族社会が封建社会へ大きく変貌してゆく時代であった。

この転換期にあって、京都の公卿社会では宮廷歌人として藤原定家（新古今の選者）、藤原俊成（千載集の編者）などが正統の宮廷歌人であり、特に定家の和歌は、芸術至上主義、観念至上主義で、新しい作風を確立していた。その定家は、頼朝挙兵の報を聞いて、

――紅旗征戎非㆓吾事㆒

といったことはあまりにも有名である。

公卿社会を崩壊させてゆく武士が主役の戦乱を「吾が事にアラズ」と言い切った定家の姿勢には凛然たる響きがあり、その芸術至上主義が、戦乱にも動じない覚悟の上に築かれていたことを想像させる。

その宮廷歌人の頂点にあった定家は、鴨長明の存在を終始、無視・黙殺したらしい。地下人の長明を身分卑しき者として相手にしなかったのである。

これに対し、若いころの長明は歌人になろうとする志、歌壇に迎えられたいという下心があったようである。『千載集』に一首、『新古今集』に十首、長明の和歌が選ばれたことを素直に喜

んだという。やがて四十六歳のとき、後鳥羽院の北面に召され、翌年、和歌所寄人《よりうど》となった。家隆、俊成、定家などと共に、宮廷歌人十三人の一人となった。

最初の市井にかくれた隠者風、すきもの風の歌から、当時の宮廷風、幽玄風のものへと、和歌が変っていっている。それは宮廷の約束事によって類型化された作品になってゆくことを意味するが、長明の心中には、一方に狂的な鬱情を思わせる歌があり、また宮廷で認められたいという思惑自体が白々しいものに映ずるもう一人の長明がいたことを感じさせる、という。誇りと嘲りが同時に起る。

ここで、唐木順三は『詩とデカダンス』を成立させた詩人ボードレールの『悪の華』のなかの言葉「われは傷にして刀、われは打つ掌にして打たるる頰、われは己の心の吸血鬼」を連想し、ボードレールのイロニイが、この十三世紀初頭の歌人にあったとみるのは「あまりに唐突な聯想であらうか」と結んでいる。

長明が出家遁世したのは五十歳のころと推定されている。その動機にからんで二つの事件が挙げられる。ひとつは琵琶の秘曲啄木を、長明が免許もないのに衆人の前で弾じたことを訴えられたという事件、もうひとつは、鴨社の禰宜に任ぜられようとしたとき、同族から横槍が入って果たせなかったという事件である。

当時の宮廷歌壇は窮屈なものだったようだが、それにしても長明の性格のなかにも、その場の情況に流されやすく、輿に乗るとつい社会の約束事をはみ出してしまうものがあったらしい。

また、禰宜の件に関しては、後鳥羽院が気の毒がり、新たに氏社を官社に昇格させて、その禰宜に長明を当てようとした。

長明は後鳥羽院の厚意を拝辞して、その心境を歌ったという。

——住み侘びぬげにや太山《みやま》の槙の葉に
　　曇ると言ひし月を見るべき

宮廷歌人として約束事を破り、禰宜として志を断った長明は、当人とも思えぬほど、やせおとろえてしまったという。

——いづくより人は入りけむ真葛原
　　秋かぜ吹きし道よりぞ来し

当時、先に出家した人に送ったという歌である。

また、後鳥羽院からもとのように和歌所の寄人に戻るように仰せられたとき、

——沈みにき今さら和歌の浦波に
　寄せばや寄らんあまの捨舟

と詠んで、大原の家にこもってしまったという。

ここで、唐木順三は、鴨長明の心境を解釈して面白いことを言っている。長明の性格の二重性をボードレールに比した唐木は出家した長明の心境を、太宰治の「恥かしくて死にさうだ」という表現から類推している。当時の人々が噂したように、長明は世も人も恨んで出家したことにまちがいないのだが、「最も恨んだのは己れ自身の心だといふことを見てはゐない」と一歩踏みこんだ、みごとな解釈を示している。

二つの和歌を評して、

——彼の狂ふほどの余執をやうやくにして風に託しえた風情である。(略) 風雅は文字通りここで風雅となった。(七六—七七頁)

＊

かつて長明二十六歳のとき、父を失ってみなし児となった長明は、新都福原を見るために摂津に出かけている。平清盛が自らの権力を誇示して都を京都から摂津の福原に遷した（一一八〇年）のである。

このときの感慨が『方丈記』の有名な文章、

――古京はすでに荒れて新都はいまだ成らず。ありとしある人は皆浮雲のおもひをなせり。

である。

その長明は、『方丈記』を書く前年、五十七歳のとき、鎌倉に下向している。雅経朝臣に誘われてのことという。長明にはとにかく歴史の現場に行ってみようという好奇心があったらしい。その鎌倉では将軍家に謁し奉ること度々に及んだという。そこで長明はみるべきものを見ぬいてしまったのではないか、というのが唐木順三の解釈である。頼朝の死後二十年にして、将軍家の一族は不和が絶えず、病弱な青年実朝をめぐって、幕府内は揺れており、末期の妖気につつまれた鎌倉の空気、夢魔にうなされて、うつろになっている将軍の姿であった、という。

草も木も靡し秋の霜消て

空しき苔を拂ふ山風

長明はこの無気味な歌しか残していないという。長明が鎌倉で流した涙は、頼朝の追悼のためではなく、現在の鎌倉のためであった。ここから『方丈記』の書き出しへの距離は近い。

――幕府の責任者として重い任務を負はされてゐるこの病詩人に対してゐた長明は、自分との対比においてむしろあはれを感じたと思われる。『方丈記』における閑居の軽みの記述は、この重く鬱した将軍の顔を思ひだし、それに比して自らの幸福を肯ふ心によって誌されたものであるかもしれない。（七九頁）

『方丈記』の世界が、軽々と若々しく新鮮なのは、一切の欲と見栄を捨てて出家遁世した自分が正しかったのだという、ある晴々しさがもたらしたのであろう。

＊

『方丈記』は、鎌倉下向から日野の庵へ帰った翌年三月末に脱稿している。戦乱の世に、「身を用なきものに思ひなして、鴨の河原に庵を結んで、しかも身と才の扱ひに困りはててゐるといふ男」だった長明は、従来の形式、形、様式、型に倦きていた。新しい鎌倉への希望が失われ、京都の宮廷への未練は既に失っている。立つところはこの庵しかない。日野の方丈が終の棲家となったのである。

長明は桑門蓮胤という名において『方丈記』を書いた。三十一文字という窮屈な約束を離れた自由な形式を獲得したのである。そして新しい文体が新しい眼をつくり出し、その初々しさに自らをまかせた。遊行三昧である。自分の彷徨の一生が新しく、静かにこの瞬間に甦ってきた——。

芭蕉は〝旅の栄華〟といったが、長明の場合、〝方丈の栄華〟といえるかもしれない。欲望を極にした上での栄華、有を無に、極限にまで近づけた上での贅沢、なのである。方丈は彼のダンディズムであった。（八七頁）

この心境は、長明の最後の著書『発心集』につながる。それは『往生要集』に近い世界である、という。

——長明においては思想家の自省より詩人のデモンが勝ってゐる。無の深渕は、ときに自らも知らない七色の虹によって彩られるのである。その自ら知らない「妄心の狂」が長明をしてレトリシアンたらしめたといってよい。（八八頁）

＊

長明は、あらゆる意味の「すき」を身をもって体験した、といえる。第一、若いときは好色の意のすきものであり、第二、和歌、管絃に対する執着、溺愛、第三に、大原、日野に極小の庵をつくり、「わびすき」の先駆となった。

「長明は発心をまづ即刻に古郷をすて、栖を捨てて出でたつこと」とし、その結末を「西に向って清水のほとりに合掌したまま果てる姿」として表象したという。

長明の最後の境地はそういうところにあった、という。『発心集』は五十九歳から六十一歳に書かれ、翌建保四（一二一六）年、六十二歳で亡くなった。

兼好法師『徒然草』の世界

兼好法師は、鴨長明没後六十七年に生れている。長明が実朝という象徴的人物と同時代人であったとすれば、兼好法師は、後醍醐帝という悲劇の人物と同時代人といえる。

唐木順三は、国文学諸家のさまざまな「つれづれ」の解釈に満足できず、たまたま、斎藤清衛氏の名著『中世日本文学』に出会った。その中の、

――理想の文学は『すき』の心に出立し、『すさび』を経て、再び自己放棄の境地にまで帰着すべき性質のものでなければならぬ。

という文章が、鴨長明の「すき」を書き終った唐木順三に、インスピレーションとして働いたようである。

長明の「数奇」から兼好の「すさび」へというコースが考えられないことはない、と唐木は考えた。

そこで『徒然草』のなかから、すさび及びそれに縁ある言葉を段を追って拾い出し、兼好自身の用法を調べてみる。

「あじきなきすさび」、「長き夜のすさび」「絵かきすさびたる」「物疎く荒涼《すさま》じかりなん」「筆のすさみ」などの用法がある。これによっても、つれづれがすさびの類概念であることが知られる。

兼好は無粋な朴念仁であるとは誰も思わない。しかし、数奇者ではなかった。若いころ宮廷出仕者として相当のすきものではあったが、とりわけて好色ではない。また偏執や狂信や一途なすきに対して『徒然草』は概ね否定的である。その意味では、和歌に対しても兼好は身を入れた歌人ではなかった。

彼は歌のディレッタントであったばかりでなく、出家人としてもディレッタントであった。「すき」も趣味ではあるが、「好み」として積極的、主体的である。それに対して、「すさび」は「なぐさみ」「よしなしごと」として消極的受動的である。それは兼好の選択または性格であるが、また時代の境位でもあった。（二一一―一一二頁）

建武元年、兼好五十二歳のとき、有名な二条河原落書《らくしょ》がまかれたという。

――此のごろ都にはやるもの、夜討ち、強盗、謀綸旨、召人、早馬、虚騒動、生頸、還俗、自由出家――

――京鎌倉をこきまぜて、一座そろはぬゑせ連歌、在々所々の歌連歌、點者にならぬ人ぞなき、

「自由狼藉世界」が、兼好の時代を象徴している、と唐木は観ている。

――兼好は右のような「すさび」の感得において、「つれづれ」を言った。彼は宗教家ではない。一箇の芸術家、批評家であった。荒びからの逃亡の無益、慰めごとの結局は無益を感じとって、むしろすさびに住し、すさびを主《あるじ》とした。それが彼の「つれづれ」の出所であっ

た。（一一六頁）

これが唐木順三の「すさび」に就いての結語であった。

＊

——社交、交歓、消閑、さらにまた数奇ごと即娯楽、伎能、学問をも捨てて、その捨てた状態においてあらはになる荒びたる「つれづれ」をそのままに受取らうといふのである。

——兼好はここに身と心をおいた。諸縁を放下した平面、波瀾のなくなった海面をみた。そこに身心をおいた兼好には、実によく世間の起伏、人事の波瀾がみえた。（略）いはば永劫回帰の姿がそこにある。（一一八頁）

——おのが「すき」や欲や名利や有にとらはれてゐる者にはみえない縁起、因果がいはば透視されるのである。

——つれづれの無為に身をおいて、花をも祭をも恋をも、無為の海面に起伏する波としてみるわけである。存在するものをただきり離された個別的存在物（Seinedes）としてみるのでなく、「始めと終り」との関連において、そこから生れ、そこへ帰りゆくべき根柢との関係において、また他の存在物とのつながり（Bezug）においてみるといふのである。

――従来の余情幽玄は、存在する有を中核にして、その周辺ににほひただよふ心であった。目の暈《かさ》であった。

――然しその有の形において、形なきものを一層強く感得する。（略）無の契機が積極的なものとして文学の領域へ入って来たのは『徒然草』を以て最初とするのではなからうか。

――『徒然草』のこの意味の画期性については、西尾実氏がその著『日本文芸史における中世的なるもの』（東京大学出版会、一九五四年）において詳説してゐるから、心ある人は繙いてみられたい。

――「眞の人は、智も無く徳も無く名も無し。誰か知り、誰か伝へむ。是れ、徳を隠し愚を守るに非ず、本より賢愚得失の境に居らざればなり。」

――兼好の態度は、はるか三百年後の芭蕉の風流につらなってゐるやうにみえる。

――然し兼好が自己放下、去私意の方向を深めていったかといへばさうではない。彼は結局、つれづれを主とし、それを尊む人であった。

――『正法眼蔵随聞記』と『徒然草』との類似は既に多くの人の指摘するところである。然し道元と兼好との間にはなほ大きな逕庭がある。なるほど道元も無常をいひ、出家をいひ、遁世をいってはゐるが、それは世情を去り、名利への執着を捨てて、佛祖の行履菩薩の慈悲を学ぶためであった。身心を放下して学道するためであった。

――兼好には遁世の上で学ぶべき道は具体的には出てゐない。兼好の遁世生活は文字通り遁世に盡き、遁世から現実へ還る契機を欠いてゐる。芭蕉は高く心を悟りて俗に還ると言ったが、その還帰の契機が兼好にはないのである。兼好は芭蕉への道の扉をひらきながら、その門を入らなかったといへる。

――兼好も長明と同じく（略）旧派に属する文化荷擔者でもあったが、新時代に対して直接に抵抗してゐない。むしろその必然性をみてとってゐる。兼好は新しい時代に対して反抗的同調者であった。

――文化があそこで断絶しなかったのは、出家遁世しながら伝統を維持した人々があったからである。鎌倉―公卿、京―侍といふ異種が単に混合としてでなく、次第に綜合統一に、更にひとつの型をもった様式として樹立された力は、遁世の文人、隠逸の詩人から来てゐる。足利といふれっきとした坂東武者が、きづいた室町東山の文化をみるがよい。（一三一頁）

世阿弥――すさびからさびへ

批評的観客的随想的であった兼好から、行為的俳優的実践的なものへの転化が現実的に歴史の上に出て来た。その代表が世阿弥である、と唐木順三は考える。

世阿弥の演能という行為、また当時の庭作りとか、書画とか喫茶というような、単に言葉だけによらないもの、即ち行為的なものに支えられて始めてつれづれのすさびが、さびとして転化継承されるにいたった、という。

ただ、世阿弥の行為は舞台芸術家として同時にまた「稽古」であった。彼は稽古をつむにしたがって、最も緊密にして濃い行為は反って動作を極微にしたところにあることに気づいてくる。形なき姿こそ妙躰であるというところへゆく。動きのないところこそ動の頂点という背理にゆく。

ここで唐木順三は、世阿弥が二十二歳のとき死別した父観阿弥からうけた庭訓を、約二十年後に編録した『花伝書』、六十二歳のときの著作『花鏡』の二つを分析しながら、世阿弥における「さび」の成立、「さび」の性格について考察してゆく。

能以前の猿楽師には、無風流で、野卑で、非道で無学な者が多かった。世阿弥は『花伝書』のなかで、好色、博奕、大酒を戒め、稽古に専念することを説いている。

また年齢の若さが自然にかもしだす美しさをただ「時分の花」と規定し、稽古はこの時分の花を育てながら、真《まこと》の花に向はせるために必須な条件とされている（一四一頁）。

要するに稽古とは格に入る修行である、という（一四三頁）。生身の自己を殺して、面に従わなければならない（一四五頁）。

この面に従うというところから、様式（Stil Style）が起り、この中世様式こそ、中世を中世たらしめたもの、であるという。


――すきといふ主体性の勝った概念、すさびといふ主体が崩壊荒涼化しながらなほ主体にすがらうとする概念から、さびといふ主体放下へ至る道筋には、どうしても、自己を捨てて格に入るといふ実践的行為的な契機、否定の契機の挿入を必要とする。（略）世阿弥のいふ稽古はまさに時機相応、さういふ役目を果たしてゐる。中世芸術は世阿弥なくしては、あのやうに中世的ではありえなかったと思ふのである。（一四五頁）

＊

『花鏡』は応永三十一（一四二四）年、世阿弥六十二歳の著作で、七十五歳のとき、あらためてこれをしたため、佐渡の配所から養嗣子の禅竹に相伝したものという。

『花伝書』の中心目標は能を野卑なものから上品なものにすることにあったとすれば、『花鏡』の中心目標は、観阿弥によって仕上げられ、将軍の前で演じ賞せられるまでにいたった能に、さらに一層のみがきをかけることであった、という。

『花鏡』で目につくことは、〝動作をできるだけ節約すること〟であった。『花伝書』では老いた〝残りの花〟と見られたものが『花鏡』では老が反って積極的なものとしてみられ、能芸の頂点ともみられてくる。

――妙とは妙《たへ》なりとなり。妙なると言ふは、形無き姿なり。形無き所、妙躰なり。（一五〇頁）

――心より出来《いでく》る能とは、（略）寂々《さびさび》としたる中に、何とやらん感心のある所あり。これを冷えたる曲とも申すなり。（略）これ心より出来《いでく》る能とも言ひ、無心の能とも、又無文の能とも申すなり。

これはまた利休のわび、芭蕉のさびに接近した内容をもってゐることもまた自ら明らかであらう。

世阿弥は『遊楽習道風見』（『花鏡』以後の著作といわれる）において、あらためて初心にかへり、初心からの稽古、習道の筋道をいふ。

――色即是空と、稽古によって昇りつめた位に安住せず、竿頭更に一歩をすすめて、空即是色へ還らねばならない。形木、型の稽古によって昇りつめ、我が風躰を自在にこなしうる位から、つまりは細き頂点から、更に転じて、無礙の自在に至るのが「妙風の達人」であるといふ。（一五五―一五六頁）

――世阿弥は萬物の出生をなす器を「天下」といったが、これは芭蕉が「造化にしたがひて四時を友とす」とか「造化にしたがひ、造化にかへれ」といふ場合の「造化」であろう。（略）世阿弥の芸術論は二百数十年をまたいで芭蕉にひたに継がれてゐるやうにさへ思はれてくるのである。（一五七頁）

——演能も観世父子の創成時代を経て、禅竹にいたって一応のまとまりを示したが、同時に、血の出るやうな稽古習道から、華厳宋学禅を以て自己の理論を彩色する観念的なものへ移ってきたやうに思はれる。（一六八頁）

生身の自己を押えて「格」に入る

長明、兼好、世阿弥と辿り、すき、すさび、さびというキイ・ワードを摘出し、その性格を明かにした唐木順三は、ここで中世芸術の根柢としての道元を論ずることになる。

しかし、道元は、『無常』のなかで無常の形而上学としても扱われており、道元の『正法眼蔵』については、のちに廻そう。唐木順三の方法は、これまでの長明・兼好・世阿弥でも了解可能だからである。

というより、唐木順三という思想家（Penseur）にとって、長明や兼好の文学、世阿弥の能について論ずるときにも、一方に宗教家の道元が、厳として控えていたことを実感する。

哲学はそれ自体にこもると自家中毒をおこし、生産性を失う。別な世界、他者の世界で他流試合を行い、おのれを試してみるとき、哲学が輝いてくる——これは鉄則である。

唐木順三は『詩とデカダンス』で、ニヒリズムを越える端緒を掴み、『中世の文学』で、『方丈記』『徒然草』という、手垢のついた古典を新しく読み変えることで、自らの力を試した。「哲学の落第生」を自認していた唐木は、国文学の古典という他者の世界にぶつかって、自分の哲学修行の性格をも、逆に悟ることになった。

パスカルの気晴しを、兼好のすさびを探る過程で思い出し、世阿弥の「稽古」を読んで、ロダンの練習《レッスン》を思い出す。すさびの空虚について考えながら、旧約聖書の一節を思い出す。いささか飛躍がありすぎるが、国文学者の狭い世界をはみ出して自由で面白い。

しかし、そうした連想よりも、長明の『方丈記』、兼好の『徒然草』、世阿弥の『花伝書』といった、中世の文学、能という舞台芸術の新しい解釈に成功しながら、道元の『正法眼蔵』、また遠く芭蕉に想いをはせているところに、唐木順三の世界の骨太さがあったといえるだろう。

唐木順三の描くのは、長明や兼好という文士の新しさであると同時に生き方であった。それは新しい日本語の形をつくり出すことで、自らの価値観、生き方を創造したわけだが、その意味では、道元も同じ次元に生きていた。同じ次元で、なお、文士と宗教者の違いを見つめていた。

さらに日本の芸術理念、人生理念の最高の形象化としての芭蕉との距離を測っていた。

＊

とくに興味深いのは、唐木順三が、中世芸術の特性を、世阿弥の世界での「生身の自己を殺して、面に従はなければならない」とか、「稽古とは格に入る修行である」とか「自己を捨てて格に入る」といった言葉を繰り返し、それが中世を中世たらしめる様式である、としていることである。

これに対して、近代を、様式を失ってしまった時代、当時、流行のマックス・ピカアルトの表現を借りれば「近代芸術のアトム化」が進行し、近代芸術も、近代ヨーロッパも近代的人間も、全体性を喪失して断片化・部分化してしまった時代と考える。

人格や生涯の一貫性を喪失して、刹那刹那の適応によって生きる存在になってしまったこと、空間の秩序も時間の秩序も失ってしまった、という。

マックス・ピカアルトの近代批判は、全体と部分が有機的につながっている世界として東洋画の世界、中国の山水画をあげている——。

ヨーロッパのデカダンスを論じて、日本の風狂に及んだ唐木順三も、日本の中世に新しい可能性を見ているのであろう。

とくに「自己を殺して格に入る」という観念は、ひとつには、人間の人格という言葉に近代ヨーロッパのデカルトからカントに至る自我という観念を越えた豊かな内容をあたえることである。人間の品位とか品格という言葉がある。さらに格式という言葉もある。それは古来の観念であって、人間の精神的な位を現わしているのだろう。それは近代以前の歴史のなかにすでにある。

また、「自己を殺して格に入る」が、中世に生きていた様式であるならば、人間生活もまた、自己を抑制して、ひとつの格、型に入ることを念じなければならず、そこには、人間が規範とすべき古典の存在が予想される。

これは「アトム化された個人」の近代に対して新しい展望をあたえるものだろう。

＊

『中世の文学』は、すき、すさび、さびを論じて、中世的世界に生きる人間の価値観とその型を創った人々の系譜を辿った。同時にこの書物のなかに、すでに「身を用なき者と思いなして」という観念が出ていることである。それは次の著作『無用者の系譜』を成立させた中核の観念である。そして、唐木順三の作品としては『詩とデカダンス』から『無用者の系譜』と続くのであって、『中世の文学』は、その中間にできた模索の書ともいえる。読売文学賞をもらい、批評家として認められた客観的評価を得た作品であるが、模索の苦汁が各所に出て限りなく重い。

ところが、『無用者の系譜』になると、もっと自由自在の筆の楽しさが出ていて軽い。美意識のひとつとしての、かろみが出ているといってよい。

発見された無用者

『中世の文学』が書かれてから五年、一九六〇年に『無用者の系譜』(筑摩書房)は公刊されている。世の中は安保騒動で大きく揺れていた季節、無用者の系譜とは、ナント反時代的なことよ、それでも、新潮社という、いつも反時代的な出版社から『日本文化研究』という叢書を出すから、好きなことをナンデモ百枚書けといわれて、自ら選んだテーマが、『無用者の系譜』だったという。そののち、永井荷風が死んだときに、雑誌『心』(一九五九年十二月号)に「文人気質」を発表した。また、同誌の同年四月号に「雲がくれ」を発表している。

いずれも気分的に似た精神の在り方を追っている。『無用者の系譜』では『伊勢物語』の在原業平が、京の都の宮廷生活から「身を用なき者と思いなして」東国に旅する男の姿を取りあげて、その精神的境位を考えている。その系譜として鎌倉時代の遊行上人と呼ばれた一遍を取り上げ、さらに下って、連歌師俳諧師の宗祇(一四二一―一五〇二)→宗因(一六〇五―一六八二)、貞徳(一五七一―一六五三)→芭蕉(一六四四―一六九四)の系譜を辿っている。一遍の系譜も宗祇の系譜も、坊主と俳諧師、宗教者と芸能人のちがいがあっても、社会にとって、無用者の意識・自覚が強い。

「文人気質」でも、荷風という典型的な近代日本の文壇人、唐木順三も読者として身近であった、この無用者の死に、大きな感慨があったのだろう。荷風から遡って、荷風に影響の強かった成島柳北・大沼枕山を論じ、さらに江戸期の文人気質の成立過程、文人群像、文人気質の歴史的位置を考察している。

同時期に「雲がくれ」という随想が書かれていることは興味深い。これは雲がくれした寒山拾得を扱っているのだが、短編「寒山拾得」を書いた森鷗外は、「稀代の有用人」であった皮肉、イロニーを語っていて面白い。

これは私の勝手な連想であるが、政治学の藤田省三に「隠れん坊の精神史」という一篇がある。急進主義者藤田省三の文章は、緊張して息がつけないようなものが多いが、この「隠れん坊の精神史」は、漂々として晩年の藤田省三の心境を語っている。——

唐木順三は、日本には無用者の系譜が驚くほど多い、と調べてゆくうちに、予想以上だったことを告白し、それはなぜなのかと、不思議がっている。

戦後の近代化の大合唱のなかで、独り反転して、中世への旅を歩んだ唐木順三が、無用者の系譜という観念に辿りついたことの意味は、彼自身が感じている以上に大きい。

なぜなら、近代という時代、近代社会の特性が〝有用性〟というところにあるからである。役に立つことが、近代では美徳になった。この観念はヨーロッパ近代、とくに産業革命以降の近代社会では、明示的、暗示的に議論の前提とされていることが多い。逆に役立たずは蔑称の意味をもつ。また有用性は効率という名において、さらに価値基準が、一面的になり強化されている。

アメリカのプラグマティズムは「有用なものが眞理である」という命題を含んでいる。唐木順三の兄弟子三木清は『哲学ノート』のなかで「有用なものが眞理なのではない。眞理だから有用なのである」と切り返しているが、弟弟子の唐木順三が、有用性の反対概念、無用なもの、無用者の系譜を問題にし出したことを知ったら、三木清は苦笑しただろうか。

唐木順三はニヒリズムに帰着した近代を批判して、ダンディズムから風狂へ、ヨーロッパのデカダンから日本の風狂・風流・風雅を辿って、無用者というキイワードを摘出した。無用者という出家・遁世・隠者の世界は、宗教者から芸能人、芸術家に至るまで、文化の世界の中核にある。そして、E・ホイジンガの「ホモ・ルーデンス」の観念も、その境位に近い。遊行の観念は、遊戯の観念に近い。

近代社会がテクノロジーの発展と共に、有用性、効率性への衝動を強めれば強めるほど、人間性の何者かが圧殺されてゆく。無用者という観念は中世に発生しているにしても、時代を越えて、人間性に不可欠な要素として存在する。

だから、近代社会のなかにも無用者は再生産されてひとつの構成要素としてあるのだが、明白に自覚されていないだけなのだ。

唐木順三は多くを語っていない。彼は能弁ではない。無骨に、不無用に、砂を噛むよう思索を積み重ねてきた挙句、〃無用者〃、〃身を用なき者と思いなす〃人々の群像に思い至っただけである。

ただ、無用な人間の発見が多くの人々が語る以上にそこに重要な観念、生き方、行為の仕方があることを見出したのである。

第七章　批評と思想の間——小林秀雄と唐木順三

「無常は、詠嘆の感情、情緒などとは全く無縁な冷厳な事実、現実である。ひとはこの冷厳なニヒリズムに堪へることができなくて、さまざまな意匠をつくりだす。」

唐木順三『無常』

『無常』の形而上学――道元

唐木順三は五十七歳のとき、突然、血を吐いて倒れる。古田晁が八方、駆けずり廻り、厚生年金病院に入院し、胃の手術を行い、それからかなりながい間療養生活に入る。古田晁も唐木順三も、無茶な酒をつづけた壮年期が終ったのである。『無常』（一九六五年）は病後の唐木順三が、衰えた体力から気力をふりしぼって書き上げたものである。あるいは遺書になるかもしれない、と唐木は考えたかもしれない。それだけに文章も無駄がなく澄んでいて奥行きがあり、唐木順三の著作の中で傑作のひとつになっている。

第一章は「はかなし」という言葉の考察で、全体が九つの項目から成り、『蜻蛉日記』『紫式部日記』『宇治十帖』『和泉式部日記』『建礼門院右京大夫集』と、王朝女流文学の世界に材を取り、はかなしという言葉の奥行きと拡がりを考察しているのだが、唐木自身改めて王朝の女流文学によって達成された、洗練された文学のレベルの高さに感動している。

第二章は「無常」という言葉をめぐって、法然、恵心、親鸞、一遍といった僧侶の考察から、近世の芸能人、心敬、宗祇、芭蕉の考察に及んでいる。

そして最後に、第三章としてそうした無常の形而上学の建設者としての道元を取り上げている。

この場合、哲学と呼ばずに形而上学と呼んだことについて、とくに断って、哲学というと認識論と思われる誤解を生ずる怖れがあると考えたからであり、無常は常に客観対象ではなく、自己もまた無常の中にある。無常は反って主体的事実である、と面白い考えを述べている。

また、無常は、「はかなし」といふ真理の上にあるのでもなく、無常感といふ情緒の上にあるのでもない。反って無常は自他をふくめての事実、根本的事実である。またもし範疇といふ言葉をもちだすならば、無常は事実であるとともに、唯一の範疇、根本的範疇である。私はそのことを道元において語りたい。それで哲学といふ言葉を避けて、形而上学といふ言葉を選んだ。根本的事実、根本的範疇は形而上学に属する。（二八四頁）

と、唐木順三は宣言するかのように、独創的見解を述べている。かつて、〃哲学の落第生〃を自称した唐木は、ここで中世的世界の根本を論ずる独自の哲学者の相貌を帯びてくるのである。不明にして、こうした唐木順三の主張を当時の国文学界がどのように受け取め、評価したかを知らない。しかし私はここに唐木順三の面目があるように思う。無常を論ずる人は多い。しかし、無常の形而上学を論じた人を私は知らない。そしてその形而上学者として道元をもってくることの斬新さは目を見張る。

やはり唐木順三は哲学する人、思想する人である。ながい、ながい模索の果てに、唐木順三は独自の相貌をもった哲学者として屹立していることに気づく。――

＊

道元の『正法眼蔵』、『正法眼蔵随聞記』そして伝記である『建撕記《けんぜいき》』の三つの書物は、ながく唐木順三の座右の書だったのであろう。また大久保道舟の『道元禅師伝の研究』を傍らに置いていたことを、明記している。

しかし、近代日本の知識人たちは、西田幾多郎、鈴木大拙にはじまり、ある範囲の学生たちを含めて、道元の世界を身近なものとして受け取り、東京でも鎌倉の円覚寺や全勝寺に通って坐禅を組む習俗が生きていた。さらにその淵源には山岡鉄舟のような存在があり、戦後でも山本玄峰のような坊主が存在していた。

戦後に育ったわれわれの世代になると、道元も坐禅も遠い彼方の存在であり、そうした世界に入るきっかけがなくなっていた。だから、唐木順三の言葉も実感を伴って会得できる世界ではない。ただ唐木順三という思想する人（Denker）の模索の小径を辿って、大患をわずらった唐木さんが、遺書として書いたと思われる文章をなぞってゆくと、それなりに印象深い言葉が眼に飛びこんでくる。それを書き連ねておこう。

——道元は、父内大臣久我通親、母摂政松殿基房の娘の間に生れた。母は一度、美人の故をもって、入洛した木曽義仲の妻となったが、義仲の敗死後、久我通親に嫁ったといはれる。佛門に帰すべしとはこの母親の遺言であった。

——久我一門、殊に道元の兄弟たちは、文筆詩歌にたけた人、感情の繊細な人が多い。みな一流の風流貴族であった。

——道元の生れた前年に源頼朝が死に、翌年に二十九歳の親鸞が雑行を捨てて法然の念佛門に入ってゐる。道元が母を失った年に、法然は土佐に、親鸞は越後に配流された。十三歳のとき、鴨長明の『方丈記』が書かれ、二十歳のときには実朝が公堯に殺され、二十二歳のとき後鳥羽院の承久の乱があった。さういふ時代に道元は青少年時代をすごしたわけである。

——貪欲なからんと思はば、先づ須《すべから》く吾我を離るべきなり。吾我を離るるには、無常を観ずる、是第一の用心なり。（『随聞記』第二）

——吾我を離れること、我執を去ること、自己執着を捨てること、即ち「身心脱落」は道元禅の最も重要な、根本的要請である。

——道元の感じた「無常」は、世間一般の無常観にくらべて、体験的に非常に深い。「無常迅速、生死事大」といふ月並の言葉が、道元においては月並の経験、表現ではない。

――八歳の道元は母の死に遭って無常を思って求法の大願を発し、十三歳のとき、法を究めやうとして叡山に登って良観に師事した。そして十五歳のとき、叡山を下って栄西の下に参じ、十八歳のとき京都の建仁寺に明全を訪ねた。

――出家がなぜ再出家せねばならなかったのか。結局していへば、叡山の堕落である。僧兵といふ異形なものの存在、天台座主をめぐっての勢力争ひ、派閥争ひ、学生と堂衆との間の長い年月にわたる戦闘、まさに末法時代の特色である。

――法然も親鸞も、道元も日蓮も、道心を究めやうとして一度は叡山に登った。そしてともに絶望してそこを去って、いはゆる鎌倉新佛教を開いてゐる。叡山にはなほ学問の府、教養の殿堂としての便宜も実績もあったらう。然し、若い鎌倉新佛教の開祖たちの、胸の奥にあった道心、実存的救済の問題を解くといふ情熱はそこには無かった。

――無所得の行為、無償にしてしかも自他を永遠にまた真実に利する行為は、無常を思ふところから生ずる。

――ただまさに法をおもくし、身をかろくするなり。世をのがれ、道をすみかとするなり。いささかも身をかへりみること、法よりおもきには、法つたはれず、道うることなし。

――人間にうまれながら、いたずらに官途世路を貪求し、むなしく国王大臣のつかはしめとして一生を夢幻にめぐらし、後世は黒闇におもむき、いまだたのむところなきは至愚なり。

すでにうけがたき人身をうけたるのみにあらず、あひがたき佛法にあひたてまつれり。いそぎ諸縁を抛捨し、すみやかに出家学道すべし。国王、大臣、妻子、眷族は、ところごとにかならずあふ。佛法は優曇華のごとくにして、あひがたし。およそ無常たちまちにいたるときは、国王、大臣、親暱、従僕、妻子、珍宝、たすくるなし。ただひとり黄泉におもむくのみなり。

――無常たちまち到り、死に直面したとき、頼りにならないものは、頼りにならないものとして、そのままに現前するだらう。生前に頼りにしたもの一切が、何の頼りにもならないことに気づくであらう。死に直面した孤独実存として、即ち「無常を観ずる」者として生きるといふことは、頼りにならないものを、頼りにならないものとして先取して生きるといふことである。ここから「捨棄」「抛捨」といふことが起る。頼りにならないものを、こちらから積極的に棄てよ、といふことである。

――捨つべきもの。人情を捨てよ、世情を捨てよ、教学、文字、文筆、詩歌を捨てよ、恩を捨てよ。最後には武を捨てよ、我が身心を捨てよ、一切捨棄してなすところの行為が「無所得」の行為であらう。そして更に一歩をすすめて、捨てることをも捨てるにいたったとき、無所得の行為はそのままに利生の行為、法によって證せられた行為となるだらう。

ここで唐木順三は面白いことをいっている。

――一切捨棄を言ひながら、またそれを実行しながら、無常を語る場合、レトリックのみは捨てえず、雄弁になってゐるといふ一事である。（略）道元もまた無常を語るとき、特に雄弁、美文調になる日本人の一人であった。

――道元の美文の背景には唐宋の詩文や、儒教の経典がある。道元が「外典」といって斥けてゐながら、幼少時代の公卿貴族としての教養がその背景にある。さらにもうひとつ、恐らく道元は、『古今集』『新古今集』また『伊勢』『源氏』も読んでゐたのではないかと私は思ふ。法然や親鸞においては殆ど消え失せてゐる王朝の語彙、たとへば「はかなし」なども、道元にはたびたび使われてゐる。

ここまで書いてきて、「私が道元の無常について特に書きたいと思ふのはこれから誌すことである」と断った上で『正法眼蔵』第九十三「道心」を引用する。

――「よのするゐには、まことある道心者、おほかたなし。しかあれども、しばらく心を無常にかけて、よのはかなく、人のいのちのあやふきことを、わすれざるべし。われは、よのはかなきことを、おもふと、しらざるべし。あひかまへて、法をおもくして、わが身、わがいのちをかろくすべし。法のためには、身もいのちも、をしまざるべし。」

この文章を唐木順三は丹念に分解し、それを道義的に解釈し、誤読をただし、正確な読み方を示している。

——道元の「道心」とは王朝女流文芸の「はかなし」や「兵《つはもの》」の世界、男性の感情の「無常感」の批判否定といってよい。

——わがこころをさきとせざれ。ほとけのとかせたまひたるのりをさきとすべし。

——その法にしたがって、わが身命ををしむな。

——法（のり）を第一とし、吾我の心を離れよ。

——「法」とは何か。法とは「無常」そのもの、無常即法であらう。認識の対象としての無常ではなく、形而上学な無常といってよい。

他に指摘するのは身と心、身体は生滅するが、心性は死することなく永遠の世界に入る。だから魂の永遠を信じてよいかという問いに対して、

――それは外道の見である。佛法ではもともと、「身心一如」「性相不二」を説いている。だから生死の煩悩を離れるために、心性の永遠を説くのは全くの妄説である。

道元はさらに一歩をすすめて、

――生死はすなはち涅槃なりと覚了すべし。いまだ生死のほかに涅槃を論ずることなし。

といっている。このありきたりの言葉をあらためて注意して見る必要がある、と唐木はいう。

――「無常」は生命の終局、死と観念されてゐる。そして死のさきに、寂滅涅槃境があると思はれてゐる。浄土、彼岸、極楽もさういふ連想で語られてゐる。「生死即涅槃」は、さういふ通常の観念の否定である。無常の生死のさきに常住の涅槃があるのではない。無常が涅槃、生死が寂滅だといふのである。

――無常変転の時間は一定の到達点、目的地へ向って直線的、連続的に進んでゐるのではない。つねに生じつねに滅するといふ生滅無常が時間の裸形である。

――時間は本来無目的、非連続である。いはば無意味なことの無限の反復が時間といふもののあらはな姿といってよい。

――目的に向って進んでゐるのではないといふ点からいへば、虚無、死、寂静へ向って進んでゐるのではないといふことになる。

――反って時間は、念々が虚無につながってゐる。無始無終の非連続の谷間には、虚無の底なき深淵がのぞいてゐる。反覆の間は虚無である。そして、これこそまさにニヒリズムといってよい。

――無常は、詠嘆の感情、情緒などとは全く無縁な冷厳な事実、現実である。

こう言い切った上で、

――ひとはこの冷厳なニヒリズムに堪へることができなくて、さまざまな意匠をつくりだす。

――その装飾、有意味化の第一は、時間に「始めあり」とすることである。「太初にロゴスありき」の「太初」を求める。さまざまな宇宙創造説、創世記、創造主、創造神が設定せられる。遠い先祖とのつながりにおいて現在の自己を安定させようとする試みである。

――時間の有意味化の第二の試みは、「終りあり」とする説である。時間は一定のテロス

（目的）へ向って進んでゐるとする思考は、一方でテレオロギーを、また「目的の王国」を設定させる。究極の目的へ向って、連続的に進歩発展するといふことは、現代といふ歴史的時点を楽天的に考へさせる。歴史はやがて理想的な姿において完結し、一切が調和にもたらされるといふのは壮大なドラマといってよい。

――然しまたこの時間の方向を終末観的にとらへる他の思考もある。理想は過去、太初にあって、歴史はそこから出発しながら堕落下向の方向に進んでゐる。

――時間の有意味化の第三の試みは、いはゆる「有為の功業」である。いはば文化主義、歴史主義である。造寺造塔の功業、文明文化の功業、歴史の進歩の功業、人格形成の功業によって、現在を人工的に装飾する。ひとは文明、進歩を信ずることによって、おのが時間、生を肯定する。

――道元はくりかへし右のやうな時間の装飾化、有意味化を否定して、ありのままの時間、裸裸の時間に面面相対する。無始無終の時間に無為無作で向ひ合ふ。刹那生滅、刹那生起の時間のリアリテイに、まばたきもせずに対面する。ここは通過せねばならぬ関門である。ここを透関せずして禅はない。

禅問答

この辺までは私にも辛うじて理解できるがこれ以降、五十頁近くの文章は、道元と唐木順三との間の禅問答のようで、唐木順三も夢うつつの感じで筆をはこんでいるようである。わかるところだけを、私流に解釈して続けてみよう。

――道元は十五歳のとき発した最大の疑問は本具の自然身がそのまま法性であるならば、そのままでよいではないか、その上にさらに菩提を求めて修行することは屋上に屋を架し、雪山に雪を加へると同様ではないか。さういふ疑問に苦しみぬいた。

――入宋早々の二十四歳の道元が、慶元府の船中でかはした問答、またその翌々月に天童山で交した問答は、この大疑問から超出する消息を示してゐると思ふ。

――道元が日本船にしいたけを買ひに来た老典座に質問して、「外国の好《よ》き人よ、まだあなたは弁道を了得せず、まだ文字を知得していない」と笑はれた。翌々月、たまたまこの老典座と再会したとき、同じことを問うと、「偏界不曾蔵《カッテカクサズ》」と答へた。道元は長い間の大疑問が氷解したといふ。

――弁道（道に力をいたしつとめる意）工夫とは何であるか。「偏界不曾蔵」のそのまま、ありのまま、裸形の時間、無常は、そのまま、実を得、文字が初めて体験で埋められた。素朴で生《なま》の「ありのまま」、自然主義的な天然自性身から偏界かくすところのない天真のありのままへの変貌は、透関、脱落底においてこそ実現せられるであらう。

――『正法眼蔵随聞記』に示されてゐる道元の言葉は、多く無常迅速、生死事大だから、たゆまず学道につとめよといふ立場で言はれてゐる。得道の人が学道の人を教へるといふ形である。

――『正法眼蔵』第七十「発菩提心」では「慮知心」と菩提心を区別し、「慮知心にあらざれば、菩提心をおこすことあたはず。この慮知心をすなはち菩提心とするにならず、この慮知心もて菩提心をおこすなり」と書かれてゐる。

――慮《おもんぱか》り知る心とは分別心、認識能力としての理性といってよい。『随聞記』で語られてゐる無常は多くは慮知心からのものであった。そして『正法眼蔵』において、無常が示される。偏界不曾蔵のありのままの姿としての無常が語られる。

――刹那生滅はここで発心得道と深く関係してくる。刹那生滅が実相だからこそ佛法があるといふのである。

――生じ滅するのは、「我」といふ実体があって、それが生滅するのではない。「我」は実体ではなく、衆法の合成にすぎない。（略）この衆法が合成されるときが生、起である。衆法の解体するときが滅である。生滅はだから法の生滅、即ち合成、解体であって、我といふ実体の生滅ではない。この合成、解体は期せずして起る。決して因果必然を以て起るのではない。だから生は生、滅は滅であって、前刹那と後の刹那は截断されてゐる。合成する法、解体する法も、忽然として起るのであって、前後の因果関係はない。刹那は文字通り非連続の刹那であって、連続した時間の線上の起伏ではない。あたかも海の前波後波が、何のわだかまりもなく、自由にたゆたってゐるが如きものである。

——起はかならず時節到来なり。時は起なるがゆゑに。いかならんかこれ起なる。起也なるべし。

——「時は起なり」といふ一面と、「時は有なり」といふ一面と、その二つがかさなり合ふところに、「而今《にこん》」といふ道元独特の言葉が出てくる。過現未といふ飛来飛去の一点としての現在が、幅をもってくることが「而今」の今である。ここで時間は空間と交はる。時間の無が存在の有と結びつく。無常が常と交錯する。結びつき、交錯しながら経歴する。

——ところで時節到来とはどういふことか。（略）春が来る、花が咲く、それが時節到来であることに不審はないが、春は春としてひとりで到来し、花は花としてひとりで咲くのか。春が来るのと、花が咲くのと、その間に関係はないのか。花は独自に忽然として開き、忽然として散るのか。花が咲き、鳥が歌ひ、蝶が舞ふのも、各々独自勝手な行動なのか。（略）ここに萬能の神の摂理を予定することは適当でないばかりか、禅機を失ふ。拈華微笑、以心伝心は予定調和とは凡そ違ふ世界であらう。

——開華葉落これ法性といふ。同様に、生死も法性、盛衰もこれ法性、飛花落葉もこれ法性、総じていへば、無常これ法性といふことにならう。裏がへしていへば、生死これ涅槃といふことにならう。

——ここにいたって、無色無味の時間が荘厳せられる。無意味なことの無限の反覆であった虚無の時間が荘厳光明の時間になる。太古より同じひびきをもって流れ来り流れ去ってゐた谷間の水が、八万四千の詩句を現成する。ニヒルがリアリティとなるわけである。無量刧よりこのかた、法性三昧のうちに、時間は去来してゐる。一切衆生、森羅万象、法性の働きでないものはない。無常な時間、転変の歴史が、そのままに法性の働きである。生死の無常、世間の無常、これもまた法性のうちといふことにならう。

道元のなかの詩人と教育者

禅問答には多くの逸話が述べられているが、つねに強調されるのは「言葉として了解してゐるが、体験的につかんでゐない、会得してゐない」ということである。結局、禅は坐禅という行を抜きにしては会得できない。

――『随聞記』はあきらかに、得道人の道元が、懐装を初めとする学道人に教へる、導くといふ構造で出来てゐる。『正法眼蔵』九十五巻を通じても、やはり宗教的教育者道元のおもかげが強い。

道元は天童であった如浄という正師の教えを忠実にまもった。

――帰国したなら、都に住まず、国王大臣に近づいてはいけない。ひたすら深山幽谷にあって、如浄正師の禅を途断えさせるな。

事実、道元は都をはなれ、永平寺を開いてその法燈は今日までつづいている。

ところで、道元には教育者の側面と共に、詩人道元が存在している。行為的得道人が直観的芸術人になっているのである。このことは唐木順三は早く『中世の文学』のなかで述べて、副題に〝中世芸術の根柢〟とつけている。

道元がその場合、重視するのは、ひとつは「出会ひ」についてである。「出会ひ、契合、意気投合が、日本の中世の諸芸術の根柢をなしてゐる」というのが唐木順三の結論的見解である。複数人の共同作業からなる文芸は、共同世界なくしては詩にならない。芭蕉の俳句も、世阿弥の能も、利休の茶も、みなそうで、彼らすべてが禅に関係があることを指摘している。

もうひとつ、道元の直観が鋭くあらわれるのは、個と全、個別と普遍の問題に関してである、と唐木は指摘する。

水と魚、空と鳥、春と梅の関係がそうである。力点はつねに個にあり、魚、鳥、梅が具体的普遍として存在している。普遍一般というものは事実や直観においてはない。

こうした捉え方は中世の諸芸術に大きな影響をあたえている。世阿弥の稽古、芭蕉の風流三昧、芸に格に入って格を出る。格を出て初めて自在になるという。

一つをもって全体を示すという点で象徴主義といってよい。それはリルケやヴァレリーの世界と共通する、と唐木は指摘している。

――生れる、死ぬる、咲く、散る、すべて「起」である。時節到来、時が熟してゐる。

「現成公案」の巻の有名な言葉を引用して、唐木順三はこの書の結語としている。

――佛道をならふといふは、自己をならふなり。自己をならふといふは、自己をわするるなり。自己をわするるといふは、萬法に證せらるるなり。萬法に證せらるるといふは、自己の身心、および侘己《たこ》の身心をして脱落せしむるなり。（略）

――身心脱落の共同世界においては、無常ならぬ何ものもない。無常といふことすら意味をもたない。一切が白色である場合、白いといふことが意味をもちえないと同様である。無常がさういふ場面でとらへられたとき、それを「佛道」といふ。少くとも道元の佛道とはさういふものであった――。

唐木順三の最後に到達した境位、中世の無常の形而上学とは、こうしたものであった。

＊

批評家、小林秀雄の仕事

ところで、こうした唐木順三の道行きを眺めていると、どうしても小林秀雄が戦時下に書いた『無常といふ事』を連想させる。二人はほぼ同世代である（小林・一九〇二年生、唐木・一九〇四生)。

ただ、小林秀雄は、雑誌『改造』に投稿した「様々なる意匠」が、宮本顕治の『敗北の文学――芥川龍之介論』に敗れて次席当選したものの、注目すべき批評の新人として文壇の中枢を歩んだ。東大仏文で辰野隆《ゆたか》に可愛いがられたが、家が貧しくてほとんど大学に出ず、アルバイトで生活を立てていた小林秀雄には文壇生活の他に生活の方法はなかったろう。

文壇では志賀直哉に私淑したが、『文藝春秋』の菊池寛にも認められ、二人に近づきながら文芸批評を書いていたが、時評的仕事をした期間は短かい。やがて社会時評から歴史の世界に関心を深め、昭和十七(一九四二)年、『無常といふ事』に収められたエッセイを書きはじめている。

この間、小林秀雄の言動はきわめて刺激的で、神話論的カリスマ性に満ちている。ランボウの『地獄の季節』を訳して、日本のランボウ神話は小林秀雄と共にある。同時に詩人中原中也と女(長谷川康子)をめぐって三角関係を演じたり、小林秀雄のカラミ酒は早くから有名で、酒中のカラミと批評の辛辣さが重なって、文壇や文学青年の間に、一種の畏怖の感情を起さしめた。

しかし、「批評を文学に高めた」という評価は「批評とは他人をダシにして自分を語ることだ」という小林自身の台詞と共に、批評家小林秀雄の昭和文壇における位置と性格を語っている。『無常といふ事』という作品は、しかし、昭和十年代に日本の知識層におこった〝日本回帰〟という現象と無縁ではない。『日本浪漫派』の中心人物保田與重郎は、昭和十一(一九三六)年、

『日本の橋』を書き、明治以来の文明開化風の近代合理主義に反旗を翻し、昭和十年代の潮流の主流を形成したが、詩人萩原朔太郎（一八八六―一九四二）の『日本回帰』（一九三八）や小林秀雄の『無常といふ事』も同様の流れと理解されたのであった。

昭和十年代の小林秀雄の仕事は、社会時評と歴史の世界に入っていったために、微妙なニュアンスをもっているが、「事変の新しさ」（『歴史と文学』一九四一年）を含めて、いずれも含蓄の深い作品である。

ただ、昭和十年代の日本回帰という大きな流れのなかにいたことはまちがいない。そうした『無常といふ事』という作品はどういう意味をもち、どう評価されるべきなのか。

梅若の能楽堂で見た萬三郎の當麻《たえま》のことにはじまり、「無常といふ事」、「平家物語」、「徒然草」と、いずれも数枚の短文の感想であり、西行と実朝の最後の二篇が数十枚の分量になっている。

しかし、唐木順三の無常論とはかなり性格がちがっている。もちろん、「年齢と共に日本古典に興味を覚えた」小林秀雄の集中力のある読書が背景にあるが、戦争の影や時局便乗的な言辞はまったくない。

ただ文章が例によって逆説と警句に満ちていて、ファンは悩殺されるが、鼻につく反発者も多かったことだろう。ここでは立ち入った作品論までは踏みこまないが、詩魂、叙事詩、平家といふ大音楽の精髄、といった言葉や表現が、小林秀雄の眺めていた中世文学の次元を語っている。

——この世は無常とは決して佛説といふ様なものではあるまい。それは幾時如何なる時代でも、人間の置かれる一種の動物的状態である。現代人には、鎌倉時代の何処かのなま女房ほどにも、無常といふ事がわかつてゐない。常なるものを見失ったからである。

（「無常といふ事」全集八巻一九頁）

——平家の作者達の厭人も厭世もない詩魂から見れば、当時の無常の思想の如きは、時代の果敢無い意匠に過ぎぬ。鎌倉の文化も風格も手玉にとられ、人々はそのころの風俗のままに諸元素の様な変らぬ強い或るものに還元され、自然のうちに織り込まれ、僕等を差招き、眞実な回想とはどういふものかを教へてゐる。

（「平家物語」全集八巻、二三頁）

こうした解釈は「平家の作者は優れた思想家ではない」という否定的評価を含めて、唐木順三の解釈に近いかもしれない。小林秀雄の日本の中世文学への理解と造詣もかなり高度なものであることを実感させる。

批評家と思想家

ただ、無常とは「はかなし」といふ心理の上にあるのでもなく、無常感といふ情緒の上にあるものでもない。反って無常は自他をふくめての事実、根本的事実である。また若し範疇という言葉をもちだすならば、「無常は事実であるとともに、唯一の範疇、根本的範疇である」という唐木順三の言葉の方が、断乎としていて明晰である。あるいは唐木順三の方が、主体的構築的である。

もちろん、小林秀雄の文章には、最初のころから緊迫したカミソリのような感受性があり、錐のように深く食い入る論理がある。それに比べれば、唐木順三の初期の作品には往々にして濁った鈍さがあった。

ところが『無常』のころの唐木には澄明なすがすがしさの中に、自己の認識、自己の理解と解釈を主体的に体系的に構築していこうとする意志があるように思う。

＊

かつて江藤淳は「批評とは違和感だ」という名言を吐いたことがある。これは簡単明瞭な根

本的事実であろう。しかし、私はこの定義はやはり一面的に思えて、

——批評とは、違和感と共感の交互否定を通して獲得されるべき平衡感覚である。

と定義したことがある。福田恆存には『平衡感覚』という作品まであるが、批評にとって大切な構えはやはりこの平衡感覚、バランス感覚ではないか、と私は今日でも考えている。そして、その意味での批評は人間の営為のなかで基礎的で普遍的、誰しももつ大切な営みであると思う。

小林秀雄は、その意味で、批評の達人であり、批評を文学にまで高めた存在であることを認めよう。

ただ小林秀雄の逆説と虚勢に近い居直りと「他人をダシとして己れを語ることだ」という批評の定義は、私は好きになれない。小林秀雄の周辺でいえば、河上徹太郎の、「おのれをダシにして他人を語る」謙虚な文体の方が、心に浸み透るような味わいがあって好きである。

人間の営みは、こうした批評精神にはじまってさまざまな表現に至る。すべての学芸、学問、芸術は批評精神からスタートする。批評のない学芸、文化などは存在しない。

ただ、そうした批評自体には体系性がない。人間の求める理念には体系性がなければならない。とくに宗教、哲学には、存在と世界に対する体系的理解が要請される。古来から、偉大な

る宗教家、哲学者はそうした思想体系の建設者であった。

そして唐木順三の営みもまた、そうした思想体系の建設を志したといえるように思える。唐木順三は、文士であり、編集者であり、出版人であり、教師であったが、純粋なアカデミーの人ではなかった。だから学問の蓄積や専門の深化において、唐木順三より上の人間も多いことだろう。

しかし、唐木順三は自らの生き方の模索において「考える人」(Denker)であり、やがて独自の主張を体系化した思想家となったといえる、と私は思う。

日本回帰

小林秀雄が、日本回帰という流れのなかで、その流れに棹さして、日本中世文学に向ったとすれば、唐木順三は、戦後の日本社会がとうとうとして近代化の大合唱を奏でていたときに、ひとり背を向けて中世の世界に回帰していった。それは反時代的行為であり生き方であるといえるだろう。そして、時代への批評性があることが、思想家の条件であると私は思う。

もちろん、小林秀雄が時局便乗的であったというのではない。ただ、時代風潮のなかで批評という作業をしていると、そうした交き合いも出てこようというものだ。

と同時に、昭和十年代（一九三〇年―四〇年代）という時代が、一方で戦争が世界大に拡大していった時代であり、そのころの日本の思想的命題が、

「近代の超克」
「世界史的立場と日本」
「東亜協同体論」

の三つに集約されていったことも事実であった。そして「近代の超克」は文藝春秋社の『文学界』において、「世界史的立場と日本」は中央公論社の『中央公論』誌上において、企画され掲載された。座談会、シンポジウムという催しは、出席者たちと同時に編集者の意図が強く出るもので、必ずしも発言内容も出席者だけの責任とはいえない。

その『文学界』（一九四二年十月号）での出席者は、小林秀雄、河上徹太郎、林房雄、吉満義彦、鈴木成高、下村寅太郎、であった。

昭和文壇の文士たちと京都学派の哲学者、それにカトリック思想家の吉満義彦が加わるという面白いが雑多なメンバーであった。それだけにすっきりとした起承転結を辿るのも困難な内容であったが、要するに、戦争と共に、あるいは戦争の方向を、「近代の超克」という時代転換

の作業として意味づけようとするものであった。同時に、近代の自由主義、個人主義、合理主義が行き詰ったという認識において共通していた。

かつてのコミュニズムが、左からの近代の超克を目指したとすれば、ファシズムやナチズムに右からの近代の超克を読みとろうとする流れも存在していた。

当然のことながら、「近代の超克」論は、戦後になって、「世界史的立場と日本」と並んで、戦争責任論のターゲット（標的）の中心となったのである。

しかし、「近代の超克」や「世界史的立場」の難しさ、面白さは、戦争という現象を抜きにしても、考えるべき命題だということである。「新しき中世」という言葉と観念には、行き詰った近代に代って新しい世界秩序を志向する意味合いがこめられていた。

＊

ただこうした「近代の超克」や「新しい中世」という問題を除いて、日本回帰という現象を考えれば萩原朔太郎、保田與重郎、小林秀雄といった世代、人々だけの問題ではない。

芥川龍之介の王朝ものは有名であるし、和辻哲郎の『古寺巡礼』は大正期の現象である。そして、思想家和辻哲郎の日本回帰は、継続的であり、一貫性をもっていた。『日本古代文化』に続いて出された二冊の正・続『日本精神史研究』には「沙門道元」が含まれているし、『続日本精神史研究』の序文の文章はもっと多くの人々が注目してよい内容である。
——山鹿素行の語に『凡そ物必ず十年に変ずる物なり』といふのがある。前著『日本精神史研究』を刊行してからの十年を思ふとまことにその感が濃い。前著の現はれた頃にはマルキシズムの流行が急激に高まりつつあった。然るに今は『日本精神』の聲を聞くこと頻りである。然し変ったのは時勢であって、遺憾ながら著者の研究ではない。丁度十年の後に、あまり進歩の痕もない研究を続篇として刊行することは、深く著者の愧ずるところである。

と時代への非同調を語り、私の研究は日本の「精神史」の研究であって「日本精神」の研究ではないと痛烈に時勢を皮肉っている。日本回帰はそのまま時勢への同調とはいえないのである。唐木順三が中世に回帰したことも、それ自体は例外的なことではない。しかし、戦後の日本の伝統や旧体制を全体として否定しようとした占領軍と進歩主義に対して、唐木順三の行為は仰々しい言辞はないが、それ自体、無言の抵抗の意味をもっていたと思う。鈴木成高という旧友との対談において、鈴木成高が、「俺は『新しい中世』という主張を変えんぞ」といったのに対し、「俺はただ中世をやるだけだ」と語ったことはどちらも思想家として立派だったと思う。

反時代的な生き方

しかし、反時代的といえば、昭和の時代にもっとも劇的な存在であったのは、社会思想家の河合栄治郎であった。

誤解してはいけないのは、自由主義者たちは、当時、攻撃目標として標的にされた、時代遅れの、旧流行型《オールドファッション》の存在であったことである。自由主義は政党政治と共に、もはや時代に合わないイデオロギーであった。二・二六事件が勃発したとき、真向うから青年将校たちのクーデタとテロリズムを批判したのは河合栄治郎ひとりであり、新聞を含めて、国民世論は青年将校に同情的であり、殺された元老たちへの民衆の同情は少なかった。

それ以後、日本社会は、コミュニズムや社会主義だけでなく、自由主義者や政党政治家、民間の実業家たちは、沈黙や引退を強いられ、社会のイニシアティヴは、軍人、革新官僚、もう少し性格付けすれば、統制派の軍官僚と統制経済を主張する統制派官僚に握られていったのである。

近衛文麿の新体制運動や「近代の超克」、「世界史的立場」といった標語は、自由主義の没落したあとの必死の模索だったのである。ところが、そうした努力は数年の間のことであり、大東亜戦争の破局と敗北は、昨日、時代遅れと思われた自由主義政治家や学者たちによって無条件降伏への道を歩んだ。それは特攻隊や本土決戦を考えた軍首脳の戦う意志を否定したものであった。

堤堯の最近作『昭和の三傑』(集英社インターナショナル刊)は鈴木貫太郎、幣原喜重郎、吉田茂の三人を昭和の三傑と系譜的に評価し、救国の英雄であるとし、戦後憲法の第九条を、救国のトリックだったとする面白い解釈を提示しているが、時代遅れの自由主義的老人たち(元老)、世論に人気のなかった老人たちが、見方を変えれば、国を救ったのだ、ということになる。

しかし、進駐してきたマッカーサーと連合国の占領軍が、日本の弱体化(非軍事化)と民主化をスローガンとして掲げたとき、日本の世論は一致して、財閥解体、農地解放、陸海軍と内務省の解体、婦人参政権、家族制度の解体と基本的人権といったさまざまな社会変革を近代化の推進として歓迎したのであった。

そうした浮気な民衆の世論とインテリの動向に、唐木順三は嫌気がさしたのであろう。唐木順三の反時代性には、河合栄治郎のような派手さはないが、おだやかな決意を伴った信念、確信に基づく決断があったといえよう。それはながい時間を賭けた生涯の著作活動を通して、ボードレールというヨーロッパの詩人のデカダンスにはじまり、近代ヨーロッパのニヒリズムを介して、日本中世の風狂の詩人たちに至り、近代の有用性に対する無用者の系譜そして「無常」

の形而上学としての道元に辿りついた。それは鮮やかな反時代的思想家の誕生だったのである。

こうした唐木順三という存在は、戦後日本の思想界でどのような意味をもつのか。唐木順三が晩年に辿りついた自由自在の境地と芸の、位置と性格について改めて考えてみたい。

第八章　哲学と社会科学——思想が生まれるところ

「近代化の大合唱のなかで、唐木は、中世の探求を自分の生きる道として選んだ。こうした反時代性を生きることで、自らを思想家としたのであった。」

筆者

哲学から科学へというテーゼ

戦中から戦後にかけての、日本人の思考の変化は、哲学から科学へ、あるいは狭くは哲学から社会科学へという流れとして捉えることができる。

西田幾多郎は昭和二十（一九四五）年六月、敗戦を目前にして七十五歳で亡くなり、三木清は敗戦後、獄中で病死していたことが解り、敗戦直後の世相にショックをあたえた。四十八歳の若さであった。それだけではない。京都学派の中心と目された、壮年期の高坂正顕、高山岩男、西谷啓治、鈴木成高の四人が、戦時下の「世界史的立場と日本」での発言の責任を問われて、京都大学を追放された。

のち、高坂正顕と西谷啓治は復学したものの、高坂はその行政能力を買われて東京学芸大学学長となり、宗教哲学の分野で西谷啓治だけが西田哲学・京都学派の伝統を継いだ形となった。文学部哲学科は、田中美知太郎、高田三郎といった古典学の系統の人々で占められていった。

こうした事情から、戦後の京都学派の主だった活動は、東京に移った和辻哲郎、京大退官後、北軽井沢に隠棲した田辺元の二人が、晩年の精力を傾けて行なった執筆活動としてなされることになった。それを支えたのは、主として筑摩書房であり、唐木順三であった。とくに田辺元の発言は、『懺悔道の哲学』『政治哲学の急務』『キリスト教の弁証』『実存と愛と実践』『哲学入門』など、多くの読者をもったが、しかし、その形而上学的スタイル自身が、時代の風潮と合わなくなり、哲学そのものが、時代の思考の中で、急速に影響力を失っていった。

和辻哲郎の場合は、『国民統合の象徴』『鎖国――日本の悲劇』といった歴史の世界に近い仕事で一定の影響をもった。

それに代って影響力をもちはじめたのは、マルクス主義であり、またマルクス主義と協調関係を保ちながら、独自の体系を主張する社会科学者たちであった。そこには多くの役者が登場したが、ここでは丸山眞男、大塚久雄、清水幾太郎の三人を取り上げてみたい。

丸山眞男の場合

大正四（一九一四）年生まれの丸山眞男は、唐木順三よりちょうど、十歳年下であり、父親は長野県出身であり、眞男の思索癖も長野県の血を引いているのかもしれない。

東京育ち、府立一中・一高・東大法学部、南原繁教授の下で助手となり、政治思想史学を専攻したという履歴は、まったくアカデミックであって、ドラマティックな要素は履歴からは伺えない。

しかし、三十一歳で敗戦を迎えたという世代的環境が、丸山眞男を時代の人としたのであり、時として〝時代の寵児〟にしたのであった。それは、昭和二十一（一九四六）年五月号の『世界』に掲載された時事論文としての処女作「超国家主義の論理と心理」一篇の圧倒的な人気に始まっている。

多くの青年学徒に「目からウロコが落ちた」という衝撃的体験を味わわせたこの論文は、なぜ敗戦直後の日本人にそれほどの衝撃力をもったのか。

簡明にいえば、この論文は、それまでの日本の哲学や政治学、憲法学にはなかった、日本国家の中核である天皇制のイデオロギーを思想史のレベル、心理学のレベルで鮮やかに解明して見せた新鮮な視角と文体と論理をもった作品であった。

のちになって「屍体に鞭打つものだ」（上山春平氏）とか「昭和十九年段階の日本を拡大・一般化したものだ」（佐藤誠三郎氏）というそれぞれ正当な反論が出てくるのであるが、敗戦直後の日本人の多くは、まだ戦時下の国家主義イデオロギーの呪縛から完全に解放されてはおらず、呆然自失のなかで、過去の自分と自分を駆り立てた情念と思想をどう始末してよいのか、当惑していたというのが、偽らざる実態であったろう。

とくに戦時下に「帝国主義国家間の戦争」と位置づけ、日本の敗北を予測していたコミュニストたち、また戦後復活したマルクス主義者たちの仕事が、もっぱら天皇制支配の経済的分析に力を注ぎ、思想レベルの独自の問題を軽視していたことが、丸山論文の迫力と魅力を形成していったといえるだろう。

丸山眞男は、この最初の論文ののち、きわめて大きな影響力をもった論文を発表している。ひとつは「科学としての政治学——回顧と展望」(『人文』一九四七年)であり、戦前の日本の政治学が、国家学から自立せず、きわめて貧しい業績しか挙げていないことを論難した文章だが、きわめてポレミックでパセティックな態度が多くの政治学者、政治学徒を刺激したのであった。そして、この論文があるために、丸山眞男の発言は、単なる急進的自由主義者としてだけでなく、政治学の正統はどこにあるのかという問いかけを意識させたのである。

この丸山眞男の挑戦的な問いかけに対して、政治学界の先達である蝋山政道が、『日本における近代政治学の発達』という、明治以来の政治学の歴史と問題意識の変遷を辿り、それぞれの研究がそれなりの問題意識をもって発展したものであることを証言して政治学の歴史を擁護したのであった。

こうした反応は、丸山眞男にとっても予想外の事態であったようだが、どれほど急進的で挑戦的であっても、その問いに的を射たテーゼが含まれているとき、こうしたプラス効果を呼び起こすものであることを証明したのであった。これは丸山眞男の問いの中に、年上世代に反応を起させるだけの真実が含まれていたということであり、また蝋山政道という年上世代に誠実さが残っていたことを意味する。これは、丸山眞男、蝋山政道両者の名誉であり、戦後の論争でも実りある論争のひとつとして残っている。

さらに、この論争を通して覚醒した蝋山政道は、四十歳代後半、戦後の社会のなかで、新しい政治学体系を構想し、『政治学原理』『比較政治機構論』（共に岩波全書）という名著を著し、『近代政治学の発達』と共に、蝋山政道の三部作と呼ばれたのであった。蝋山政道は本来は行政学担当であったが、理論も歴史も語れる政治学のジェネラリストであったことは銘記されてよい。

丸山の論文でもうひとつ挙げるとすれば、私は「ある自由主義者への手紙」（『世界』一九五〇年九月号）だと思う。これは、皇居前広場での労働組合・学生団体と占領軍との衝突事件（五月三十日）とその軍事裁判そして朝鮮戦争の勃発（六月二十五日）という歴史情勢を踏まえて書かれたものであるが、一般には、左翼勢力の暴発と内乱状態を想起させる皇居前広場（人民広場？）の争乱を身近に眺めて、左翼革命への危惧を感じさせる状況の中で書かれたものであった。「自由主義者はコミュニズムと一線を画すべきではないのか」といった言葉が囁かれていたとき、そうした通俗的（？）な議論への反論として書かれたものであった。

反共主義に反対するという反反共産主義の立場の表明として有名になった論文であるが、旧制高校時代の友人への手紙という文体が、効果的に使われていて説得力を強めており、私たち学生にはそれへの反論の論理を構築することはなかなか難しいと思わせたものである。著者は当時、平和問題談話会に属し、『世界』一九五〇年十二月号に発表された「三たび平和について」の原案の起草者であり、「平和問題に対するわれわれの基本的な考え方」「いわゆる二つの世界の対立とその調整の問題」の箇所に、丸山眞男の当時の国際政治観が述べられている。

大学生であった私には、「ある自由主義者への手紙」も、全面講和論の主張も結局、同調できず、反対の立場を選択することになったのだが、この時期の丸山眞男の発言はながく念頭を離れず、自問自答を繰り返すこととなった。

今日から振り返ると、英国のＨ・ラスキと同様、丸山眞男もソヴィエト文明への期待の中に生きており、戦前からの人民戦線・社共統一戦線的発想の延長上にいたことがわかる。フルシチョフの第二十回党大会での有名な秘密演説〝スターリン批判〟の全文がアメリカの国務省を通して日本に流れてきたとき、日本の左翼インテリの多くはデマだと称して信じようとしなかったのだが、丸山眞男もまた「スターリン批判の批判」（『世界』一九五六年十一月、のち「スターリン批判における政治の論理」と改題）という論文を書きスターリンを批判する側を論難・批判した。ここまでくると、なぜ丸山さんともあろう人がスターリンの側から弁明しなくてはならないのか、と不思議に思ったものである。

それぞれの政治的立場などというものは、どのような人であれ相対化されるものである。問題はむしろ、そうした政治的立場をとることの意味をどれだけ自覚していたかということであろう。

名著『現代政治の思想と行動』も、今日から見ると、第一部の「現代日本政治の精神状況」、第二部の「イデオロギーの政治学」が共にその時代的制約を強く感じさせる。むしろ、政治的世界の原理的性格を論じた第三部の『政治的なるもの』とその限界」の方が、時代を越えて示唆するものが大きいのではないかと思う。あるいはまた、この第三部にみるように、政治的世界の原理的性格を、これほどの深さで認識していた丸山眞男の発言であったればこそ、当時の青年・学徒・知識人に深い影響力をもったといえるのではなかろうか。急進派知識人としての丸山眞男と古典的大学人である丸山眞男の矛盾を生きたのが生身の丸山眞男だったのであろう。

大塚久雄の場合

明治四十（一九〇七）年京都に生まれた大塚久雄の場合も、その生涯は丸山眞男以上にアカデミックな経歴に終始している。

ただ大学時代、内村鑑三の聖書講義を聞き、矢内原忠雄の聖書研究会に参加したことが、大塚久雄の流麗な文章に反映して、一種、敬虔な宗教感情が基調を成していて、彼の著作の魅力を形成したといえよう。

『株式会社発生史論』（有斐閣、一九三八年）、『近代欧洲経済史序説』（時潮社、一九四四年、日本評論社、一九四六年）と、大塚の名を高からしめた著作は、戦中・戦後にわたって書かれたもので、大塚は戦後の解放的雰囲気の中で、『近代化の歴史的起点』『近代化の人間的基礎』といった啓蒙的文章を書き、広く読まれた（私もその読者の一人であった）。

大塚史学の特徴は、「マルクスとウェーバー」という戦後の日本の学界を風靡した発想法の原型を成すものであり、資本主義の形成に関しても、前期資本としての商業資本と後期資本としての工業資本を区別し、商業資本を寄生虫的と低く評価し、工業資本を形成する原型となる独立自営農民《ヨーマンリー》を高く評価するという独特なものであった。

ヨーロッパ経済史・資本主義の先進国である英国史を探査して、ヨーマンリーという独自の範疇を見出したことは、当時の日本の学界の水準から見れば例外的な高水準の研究であったといえる。ただ、商業資本の軽視はのちに関西系の学者たちからは、東日本的と揶揄されることになる。価値の生産と比べて価値の移動に意味がないわけはない。

それよりも、マックス・ウェーバーとマルクスの両者を自らの体系に取りこもうとした敗戦後の学界の風潮は、やはり一種の錯覚と誤解に基づいていたのではないかという感想を否めない。どう考えても、マックス・ウェーバーの思考と行動は、マルクシズムの資本主義理解に対抗して形成されたものであり、また、『職業としての政治』や『職業としての学問』は、第一次大戦後の学生のファナチシズムとアマチュアリズムに対して、プロフェショナリズムの擁護を主張した保守的なものであった。

私は中央公論社に入社した直後、松田智雄編『巨富への道』という新書の校正を手伝ったことがある。大塚久雄の弟子たちを動員して書かれたこの論文集は、「独立自営農民《ヨーマンリー》のお化けのようだな」という感想を抱かせた。全員がヨーマンリーを呪文のように称えている印象だったのである。

のち、京大の上山春平教授と一緒に『思想の科学』に掲載するインタヴューの予定で、駒込の大塚久雄宅を訪問したことがあった。このときも、学問への清冽な情熱と一言一句をゆるがせにしない厳密な思考に感動しつつも、異論に対する不寛容の感をかすかに感じたのであった。

＊

丸山眞男の師である南原繁も内村鑑三門下であり、カントとフィヒテの哲学に精通し、戦時下にあってナチズムの世界観を正面から批判した哲学者であり、西洋政治思想史学者であった。丸山眞男の文章にも、クリスチャンではないとしても、それに近い宗教的感情が流れているのが魅力である。

しかし、丸山眞男がイデオローグとして人民戦線派であったことは、大塚久雄が「マルクスとウェーバー」派であることとどこか共通しており、そこに時代的・世代的制約を感じさせるのである。

＊

ただ、大塚久雄の場合、京都育ち、三高出身ということもあって、意外な側面をもっていた。近年になって『追憶の波多野精一先生』(玉川大学出版部、一九七〇年刊)という書物を手に入れて、パラパラ頁をめくっていると、そこに大塚久雄の名前を発見したのである。

京都大学でながく宗教哲学を講じた波多野精一は、古くは『西洋哲学史要』『基督教の起源』というロングセラーで読書人になじみ深く、のち『時と永遠』を含む宗教哲学三部作を完成した、西田幾多郎と拮抗する存在である。

その追憶集は、戦後、波多野精一を介護した玉川大学の小原国芳の企画したものである。石原謙、山谷省吾といったキリスト教関係の大物が名を連ねているが、同時に京大哲学の、西谷啓治、高山岩男、田中美知太郎等と共に、大塚久雄が、「波多野先生の学恩」という文章を書いているのである。

大塚久雄の波多野先生との縁は、個人的・偶発的なものである。大塚久雄の母は彼が中学四年のときに亡くなっているが、波多野精一夫人であるやす子夫人と女学校で同級だったという。

このやす子夫人が若者や学生の面倒見のよい方だったようで、母を失った大塚久雄と弟を家に招いてくれた。そのうちに、精一先生も顔を見せるようになり、のちには自らの論文の抜き刷りを大塚兄へという署名入りで下さるようになったという。

大塚久雄は、東大経済学部で西洋経済史を専攻した学徒であったが、彼の『近代欧洲経済史序説』には、波多野精一の宗教哲学三部作の影響が「紙背に漲っている」と自ら証言している。波多野精一に『近代欧洲経済史序説』を持参すると、波多野はパラパラと頁をめくりながら「よく勉強したね」と誉めたという。波多野さんくらいになると、文章と引用文献を眺めているだけで、筆者の実力が見えてくるのだろう。日ごろきびしいと評判の波多野先生の、この一言が大塚久雄に限りない安堵感と自信をあたえたのである。

はからずも、波多野精一の追悼集で、大塚久雄が西谷啓治や高山岩男と肩を並べていることは、まったくの偶然であろうが、このことが暗示することは、ご本人たちや読者が意識する以上に大きな事柄を語っているように思う。

清水幾太郎の場合

大塚久雄と同年、明治四十（一九〇七）年生まれの清水幾太郎は、丸山・大塚のアカデミックなスタイルと人生とは異なり、根っからのジャーナリストであった。その意味ではむしろ大阪生まれで三高から東大の社会学に学んだ大宅壮一に近いかもしれない。

しかし、大宅壮一が裏目読みの人物論を中心とし、現場本位の取材に力点があったのに対し、清水幾太郎は終始、書物に拘わった読書家であり、社会学の構築に最後まで執着があった。政治学の松下圭一が「あれはアンテナみたいな人だ」と名言を吐いたが、つねに世界の学問・思想動向に関心があり、数々のハンディな名著を翻訳・紹介している。E・H・カー『歴史とは何か』『新しい社会』、ケネス・ボールディング『二十世紀の意味』など同時代の学生にとって、いつまでも忘れがたい。

また処女作『流言蜚語』(日本評論社、一九三七年)は、二・二六事件直後の世相を鋭く分析し、社会学的命題を出しつくした感のある名著であるし、後期の『現代思想』(岩波書店、一九六六年)や『倫理学ノート』(岩波書店、一九七二年)のみごとな思考に感動しない者はないだろう。

しかし、『社会学講義』ではヨーロッパ流のG・ジムメルから、アメリカのJ・デューイに立場を変え、『社会心理学』や『愛国心』ではほとんどマルクス主義に接近し、戦後の講和問題から六〇年安保の過程で、反基地闘争から国会突入まで、共産党より過激な全共闘に近い立場まで突き進み、やがて晩年には、伝統的な国家主義・民族主義に回帰し、核武装論者になってしまった。この人の思想的核はどこにあるのか。あるいはこの人は思想家なのかという疑問を拭い切れない。

＊

しかし、こうした丸山眞男、大塚久雄、清水幾太郎の名は、戦後日本の近代主義、〝戦後民主主義〟の名と共にあり、あるいは戦時下の哲学全盛時代、形而上学的思弁に代って登場した科学の名と共にあったことは世間的常識である。

けれども、こうした流れを哲学から科学へと簡単にいい切っていいのだろうか。丸山眞男、大塚久雄、清水幾太郎といった人々の、仕事の性格は、形而上学的思弁から実証性を伴った科学的思考の誕生と理解すべきなのだろうか。

思想の生まれるところ

戦後の思想界をリードした政治学者、経済史学者、社会学者の三人の仕事の性格をスケッチしてみて感ずるところは、実証的科学と捉えるよりは、きわめて理念的であり、思想性の高いことである。

丸山眞男の場合は超国家主義の「論理と心理」を具体的に、国家主義者の言葉と行動を分析することで解剖してみせた。科学としての政治学が、国家学から自立して成立すべきことを説いた。正義と秩序とどちらを選ぶかと自問して、正義を選択することを宣言して、反共主義を批判した。

大塚久雄の場合は、ヨーロッパの経済史を精細に検討し、近代化の歴史的起点は、独立自営農民の成立のなかに求められることを主張し、近代化を推進する人間的範疇、人間的基礎、人間的類型があることを説いた。

清水幾太郎の場合は、鋭い感受性と柔軟な社会理論を駆使し、広い社会現象を合理的に捉え、合理的に変革してゆくことを説いた。

いずれも戦後を、軍国主義、国家主義からの解放と捉え、日本社会をより近代化することを目指して、そうした社会勢力を励まし、リードした。

しかし、その思想の類型を考えると、一九六〇年以降の経済学者やエコノミスト、あるいは実証的な社会学・人類学の人々と比較してみると、はるかに観念的であり、場合によっては哲学的なのである。その意味では、戦時下の京都学派の哲学者との同時代性、同質性が浮かび上がってくる。

考えてみれば、それは当然のことであり、同世代として、共通した読書体験と素養をもっており、カントやヘーゲル、ジムメルやベルグソン、マルクスやウェーバーなどは、いずれもこの世代が共通してもっていた読書目録である。

戦時下の知識人が、哲学・歴史・文学といった人文科学を中心とし、戦後の知識人が、政治学・社会学・経済学を重視した違いはあったものの、その違いは科学的な実証性よりも、社会的存在を重視する唯物論的傾向（強いていえば）にあるのではなかろうか。戦時下の哲学グループが結果として戦争に協力することになったとするなら、戦後の社会科学者たちは社会主義・共産主義に対する幻想を抱いたことで、等質で同様な政治学的誤りを犯したといえないだろうか。

私はこうした世代の学者を責めているのではない。戦中と戦後は截然と区別された社会のように当時思いこんでいた私たちを含めて、当時の社会的常識を問題にしているのである。戦時中に活躍した哲学者たち、戦後の近代化・民主化を志した社会科学者たち、一見、正反対のように見えながら、理念と現実の間で、現実に裏切られていった点で等質に見える。

学問は時代の要請により社会に引き出される。だから、時代によって引き出される学問もちがう。あるときは法律学が、あるときは政治学が、あるときは社会学が、そして人類学が、精神医学がとさまざまに脚光を浴びる学問は異なる。そして時代が一定の方向に流れることを導くのが思想である。あるいは流れを意味づけるのが思想である。

思想は学問（や芸術）が社会の要請で言論という世論形成の場所に立つときに生まれるものではないだろうか。だからその時代や社会の問題の要請（性格）によって学問・学者の分野も異なる。思想の流れを思想史といい、また思潮ともいう。思想は社会から相対的には自立しているが、また社会から拘束され、制約される。時に社会の現実が思想を破綻させることもある。私の感想は戦中も戦後も、社会の現実が、知識人の掲げた理念＝思想を裏切ったように思う。

しかし、だから大宅壮一のように「無思想人」を標榜することも、問題の解決にはならない。人間は思想なしに生きることはできない。人間の生活や行動は、思想によって意味づけられ、価値づけられる。その意味や価値の選択が、人間の行動や社会の方向を決定するのである。

戦中から戦後の思考の性格は、一見、哲学から科学へ、社会科学へ移ったように見える。しかし、実際には、戦後の社会科学者たちもその出自はどうであれ、十分、哲学的であったのであり、むしろ、それぞれに哲学的素養と思考が生きていたのである。問題は、一九六〇年代以降、哲学を失った世代が、実証的科学だけで社会の問題は解けると錯覚しはじめてからである。

＊

三木清は、西田幾多郎、波多野精一に愛された哲学者であった。と同時に「人間学のマルクス的形態」という論文、やがて『唯物史観と現代の意識』で、マルクス主義のもっとも深い理解者であり、そのことを通して、戦後の社会科学者たちと共同作業のできる立場にあった。その三木清の弟弟子であった唐木順三は、戦後の出発点にあって『三木清』を書き『現代史への試み』を書くことで、戦後の作家・文学者たち、あるいは社会科学者たちと共に、共同歩調をとる存在になりえたはずであった。

しかし、唐木順三はその道を歩まなかった。近代化の大合唱のなかで、封建遺制として徹底的に排撃された中世の探求を自分の生きる道として選んだ。職業としての哲学を捨てながら、終生、西田幾多郎を思慕し、田辺元を支え、西谷啓治や鈴木成高を愛し、深瀬基寛を酒友とした唐木順三は、筑摩書房の古田晁や臼井吉見との信義に生き、京大哲学の学生時代の旧友と恩師への信義に生涯忠実に生きたのであった。

中世という反時代的主題を生涯のテーマに選ぶことで、生来の隠者的趣向を生かして生きることができた。詩とデカダンスは、自らの酒中の真実を文章化したものであり、無用者の発見は、有用性を最高の価値とする近代の盲点の核心を衝いたものであり、そして、道元に見た無常の形而上学は、常なき人間の世を達観する道であった。

こうした反時代性を生きることで、唐木順三は自らを思想家として確立したのであり、独自の哲学者たりえたのであった。師や友や同時代に対して自己の存在証明を語りつづけ、生きつづけたのであった。

＊

ところで、京大時代の旧友、西谷啓治や鈴木成高は、「近代の超克」を語り、「新しき中世」を主張した人々であった。それが大東亜戦争の意義づけとして語られたことに問題があったが、本来、「近代の超克」は、戦争とは無関係に、非政治的な課題として考えることができる。

近代社会はそれ自体に矛盾を抱え、近代的諸原理だけでは、矛盾は拡大し、近代社会は破綻するし、破局を迎える場合もある。「新しき中世」という主張は、神の復活であり、共同体の再構築であり、自己抑制のマナーの回復である。

近代社会は図式的にいえば人間本位の社会を目指し、「我惟う」の自我を実在として、その成長・拡大を本来的に志向する。政治的にはフランス革命を、経済的には産業革命を画期として、政治的には自由と平等（そして連帯）を追究し、経済的には富という欲望の無限追究である。

コミュニズムもファシズムもこの「近代の超克」を目指した側面を有していた。しかし現実にはアングロサクソンという先進資本主義国家の連合に敗れたのであった。

近代化以後

戦後の日本社会は、半ば占領軍に強制されたものの、自発的にも民主化・工業化という近代化の道を歩んだ。戦後日本の半世紀は、復興―成長―成熟という近代化の道であった。ただ落着いた成熟期がもう少し永続するものと思われていたのに、一九八〇年代後半、バブルが発生し、過度の土地投機と過度の国際的自信（ジャパン・アズ・ナンバー・ワン）が膨れ上がり、やがて急速に崩壊した。

こうした過程で、〝近代〟への不信感が完全に消えたかといえば、消えなかったのである。もっとも軽やかに〝ポスト・モダーン〟を称えたのは、建築の世界であった。それは近代建築が極端なまでに合理性を追究し、有用性と機能美が中心的に主張されたことへの反省であり、その反動として称えられた建築様式がポスト・モダーンであった。

＊

建築ばかりではない。文学や芸能の世界でも伝統回帰が、いつしか静かに進行していた。文学の場合、「第二芸術」や「風俗小説論」といった西欧化・近代化が称えられたのは、むしろ敗戦直後の昂奮のなかで、短い間のことであり、文学的感性は正直なもので、俳句や短歌への愛好はむしろ、戦後社会の成長とともに高まっていったし、王朝文学や中世文学への理解と愛好は、大学の中だけでなく、出版ジャーナリズムの世界の趨勢となっていった。筑摩書房の企画した『日本詩人選』（一九七三年）は、臼井吉見・山本健吉の監修になるものだが、中西進や小西甚一といった国文学者と共に、丸谷才一、大岡信、竹西寛子といった新しい世代の文士に、後鳥羽院、紀貫之、式子内親王といった存在を書かせ、唐木順三の中世志向を大きな流れとして非政治的な文学活動として展開したものであって、一九五〇年代、唐木順三の反時代的で孤独な営みは、むしろ、成熟社会の共有財産となっていったのである。

*

また芸能や民俗の分野で柳田民俗学の果した役割は大きい。表の立て役者は文明開化の使徒・福沢諭吉であり、その独立自尊は、日本の都市社会・市民社会での個人主義の確立を促す作用をもったが、柳田民俗学が描き出した世界は、伝統的な日本の村落での、相互扶助の効用であった。戦後の〝民主主義の昂揚期〟に、人民ではなく、庶民や常民の観念を強調した柳田国男の根底の深さを、もっとも早く認識して接近したのは、筑摩書房の編集者としての唐木順三であった。

その意味で、唐木順三の中世回帰は、文学であり、詩であり、哲学であり、民俗であるという幾重もの装置を備えていたといえる。京都学派に根差しながら、哲学を越える視野をもっていたともいえる。

今日の思想状況

かつて、日本の東北大学で教えたことのある哲学者カール・レーヴィットは『ヨーロッパのニヒリズム』という名著を書き、ヨーロッパ思想史への造型の深さを語ったが、また『ウェーバーとマルクス』（アテネ新書）という対比を描き、近代社会をウェーバーは合理化の過程として、マルクスは自己疎外の過程として説いたという、二人の思想の核心を捉えた解釈を示して読者の蒙を啓いてくれた。

この場合、ウェーバーは近代の擁護派であり、マルクスは近代（資本主義経済社会）の批判派である。こうした図式をいまの日本にあてはめると、唐木順三の中世回帰に対抗して近代擁護を称えているのは、山崎正和かもしれない。

近代化以後、日本のジャーナリズムも学界も、思想が稀薄になり思想を語る言葉をもてなくなっている状況下で、例外的に思想を語りつづけているのが、劇作家・美学者出身の山崎正和である。彼は今日では文化の演出家であり、国際政治から安全保障までリアルな見識をもち発言する存在であるが、その核心に、『柔らかい個人主義の誕生』（中央公論社、一九八四年）、『近代の擁護』（ＰＨＰ研究所、一九九四年）、『社交する人間』（中央公論新社、二〇〇三年）といった継続的な評論集がある。

それは近代化以後、ともすれば、近代の欠点が目立ち、その反動として安易な前衛論、超克論そして伝統論が生まれてくるなかで、近代自体の価値を伝統として捉えようとする落着いた保守主義、敏感な感性を活かした美的価値を擁護する新しい人間主義である。最新刊の『社交する人間(ホモ・ソシアビリス)』讃歌は、単純な共同体回帰を避けて、社交という余裕ある空間、異分野間の対話を通して、人間の全体性の回復を目指す野心作である。それはすでに有用性としての近代を越えており、王朝のサロン、宮廷サロンの伝統を引き継ぐ、伝統的でありながら、未来に開かれた人間論である。

こうした微妙な近代擁護論に対して、右は民族主義から左のネオ・コミュニズムまで、あるいは、狂信的な原理主義からテロリズムまでが存在し、その近代という文明擁護派と、エコロジストをはじめとする文明批判派とが対立しているのが実情であろう。

唐木順三の中世回帰はきわめて地味で非政治的な主張である。主張というより自己の趣向として、中世的世界・中世的価値に遊んだ。晩年になって突然、物理学者批判を始めたことは、唐木さんの生き方としては逸脱であると私は思う。

われわれは、近代化以後の、成熟と腐敗のなかに生きている。近代的価値と中世的価値の間で、十分にその矛盾を生きた方がよいし、早急な選択をすべきではあるまい。

考えてみると、山崎正和もまた京都大学哲学科の出身であり、正統的な美学をマスターした美学者であり、『世阿弥』『野望と夏草』『室町記』と唐木さんの世界とも近いところから出発した哲学徒である。よき論争相手の出現を地下の唐木さんは喜んでいることだろう。

*

哲学と社会科学の間を尋ねて、思想が生まれる場所について考えてみた。哲学が空疎になるのは形而上学的思弁に流れて、具体的な現実に試されないからである。社会科学は個別的な専門研究の上に理論を構築しなければならないが、社会問題のすべてに哲学的命題が含まれているのであり、単なる実証主義は社会科学のすべてではない。社会問題の解決に社会科学者が発言するとき、世論形成との関連で思想が誕生する。

この場合、哲学者は、というより人文科学者は、社会の基礎になる人間の解釈を通して、ひとつの方向性をあたえる。だから、専門の職業哲学者より、文学・史学・言語学・人類学・精神医学といった諸科学のなかから、新しい型の哲学は生まれてきている。丸山、大塚、清水といった社会科学者のあとには、今西錦司、石田英一郎、梅棹忠夫、山口昌男といった人類学者が、もっとも思想性の高い仕事をしてきたように思う。

そして、政治学の分野でも、丸山眞男世代とはまったく異なった新世代が登場していった。

山崎正和とコンビを組んだ高坂正堯は、南原―丸山―坂本義和といった理想主義に対して新現実主義を称え、「文明の衰亡するとき」を予感して先進国文明への警告者となった。

さらに新世代の田中明彦（一九五四年生）は、一九九六年、『新しい「中世」――21世紀の世界システム』（日本経済新聞社）を書いたのである。

これは国民国家・主権国家に絶対的価値を置く近代に対して、新しい非国家のさまざまな主体が国際社会の主体となってくることを、新しい〃中世〃と名付けた、かなり予見的な書物である。「新しい中世」が、かつての哲学や世界史の理念的命題としてでなく、また唐木順三のような美的・宗教的次元としてではなく、国際政治の分析として、半ば実証的に、また全体の構図の主観的比喩として、「新しい中世」は軽やかに、新鮮に語られはじめたのである。

地下の鈴木成高や唐木順三にとっては感無量なものがあろう。

＊

さらに、中世文学に関連していえば、二〇〇三年に、五味文彦氏の『書物の中世史』（みすず書房）が公刊された。書物論、もしくは書物史は最近の流行であるが、メディアの危機が唱えられ、映像メディアの優位に、活字メディア関係者が共通の危機意識をもつとき、書物自体を考えることは、史学や文学を越えた知のネットワークの姿を具体的に捉える点で有効である。

これもまた唐木さんが知れば、面白がるにちがいない事実、現象であろう。中世回帰は、いまや反時代的でも、悲愴な主題でもない、知識人の社交の話題なのである。

科学から哲学へ——思想の生きる場所

戦後の思想史を眺めていると、思想が生きる場所、活きるところは、哲学だけでもなければ、社会科学だけでもないことがわかる。その時代、その社会が学問を呼び寄せるのであって、時代や社会の性格と要請によって、詩や小説や劇が、言語や文学や民俗が、あるいは社会思想、経済思想、政治思想が、国際政治や歴史学が、主役として登場することになる。

今日、再び京都学派が再評価されたり、哲学再興の気運があるのは、近代社会と近代化がつねに専門化・細分化を押し進め、全体像や方向性が見えなくなっているためであり、これまでの諸々の観念や科学が破綻して、深刻な事態への処方箋が描けなくなっているためであろう。

膨大な財政赤字と金融機関の抱える不良債権、出版界・新聞界の商業化による極端な部数主義、テレビ界の視聴率主義は、人間社会を記号化し、数量化する。自殺者の激増と学校や家庭を含む暴力の横行、自閉症的オタク族とフリーターの大量発生、これらはいずれも、豊かな社会、先進社会が生み出した病理である。

巨大官僚制の自己増殖と腐敗もまた古く新しい病いであろう。人口、資源、エネルギー、環境は人類の生存と直結する。そうした共通の課題を抱えながら、覇権国家アメリカとそれに対するテロリズムの抗争は簡単には収まりそうもない。

戦争と革命の二十世紀が、一方でテクノロジーの進歩を経験しながら、戦争と革命の惨禍を拡大した。二十一世紀の偉大と悲惨はどのような形をとるのだろうか。

人間は一方で人類の成員としてグローバリゼーションに対応しながら、それぞれの歴史と文化の個性に根差した誇りをもたなくてはならない。日本人はもう一度、近代を含めた自らの伝統を再考し、新しい時代の中で再生しなければならない。次に伝統としての近代の古典ともいえる京都学派について再考してみたい。

第九章　ふたたび京都学派について

「西田や波多野が明治の〝素読《そどく》と独創世代〟であり、大正の和辻や九鬼が〝個性と教養〟世代であるとすれば、三木や唐木は昭和の〝不安と実存〟の世代であったといえるかもしれない。」

筆者

田辺元・唐木順三往復書簡の公刊

二〇〇四年七月、筑摩書房から公刊された部厚い『田辺元・唐木順三往復書簡』は、幾重にも偶然が重なり、好運に恵まれた挙句の出版物である。

巻末に解説を書いた井上達三は、「田辺元全集」を手がけ、田辺元から可愛いがられ、「私の遺産はすべて井上君に」とまでいわれた編集者であり、京大文学部古典学科の出身である。古田・唐木・臼井三人の薫陶を受け、唐木さんの片腕として、田辺元を支えた編集者である。のち筑摩書房社長にもなった存在で、もはや古い筑摩を知る最長老といってよいだろう。

ただこの往復書簡は、京大哲学科出身で、ながく教育大学（もと文理大、いまの筑波大）で科学哲学・科学史を講じた下村寅太郎が、九十二歳まで長寿であったこと、下村宅に田辺元関係の書簡も保存されていたこと、没後、書斎・書庫の整理に当った門弟の竹田篤司・島雄元が、そこで唐木の田辺宛書簡を発見・整理したものであり、また田辺の唐木宛の書簡は、唐木さんの御遺族が発見し、提供されたものであるという。

こうした偶然の上に、筑摩書房が健在でなかったならば、書簡集は出なかったことだろう。唐木さんの人徳を偲ばせる事業である。

この『田辺元・唐木順三往復書簡』は、昭和五十八（一九八三）年に筑摩書房から出た『深瀬基寛・唐木順三往復書簡』と並んで、唐木順三の人間の襞をくっきりと浮き上がらせる働きがある。

同様に、田辺元に関しても、これにより、二〇〇二年、岩波書店から出た『田辺元・野上弥生子往復書簡』と併せて、田辺元の人間性、思考や情感の型を普通の著作以上に明確に掴むことができるようになった。

いずれも、その中に新発見とも称すべき話題が含まれている点でも楽しく、眠れぬ夜のための快い睡眠剤とも呼べる書物である。

＊

思想性の高かった英文学者の深瀬基寛が、反面で世間知らずの語学教師で、無類のお人好し、飲み屋のお女将《かみ》に惚れこんで、退職金まではたき兼ねない芸当を演じていた存在で、唐木さんは酒友として、この無垢な学者をこよなく愛していたことがわかる。T・S・エリオット、C・ドーソン、W・バジョットといった名訳の舞台裏にはやはり唐木さんがいたのである。その情景を思い浮かべて、私は無性に楽しかった。

野上弥生子さんは女流文学の最長老として、怖い存在であることは、中央公論社にいた私もいろいろ伺っていたし、『中央公論』誌上に、力作『秀吉と利休』を連載中、重役の藤田圭雄さんのお供をして、北軽井沢の別荘に伺ったこともある。

冬には熊が出るという話をされたので、

——怖くないですか、と尋ねると、

——人間の方がよっぽど怖い。


という言葉が返ってきて度肝を抜かれた。

藤田さんと野上さんの会話を背後で拝聴していると、突然、私の方に向って、

——貴方はお若いのに、いまの世の中になんの不満もないのですか。

と問うた。ここで私は二度目の絶句を経験した。しかもまだ先がある。

——この間、中国の梅蘭芳《メイランファン》がやってきて、いまの中国には表現の自由がないと歎くので、いま、お宅の中国は、プラトンの『理想国家』を建設中です。表現の不自由位なんですか、

と叱ってやりました。

これが野上さんの唯物史観か、とやはりこの老婦人が毅然として語ると、ある力強さを感じさせるものがあることを実感した。

しかし、田辺元との往復書簡集で、私が叱られた同じころ、老哲学者と老作家の間での精神的交流が進行し、一種の恋愛感情にまでなっていることを知って、私はなぜか微笑ましい安堵感を覚えたのであった。あの老作家も自分が敬愛する存在には、自然にやさしく細やかな感情をもつようになるのだと。

また遠くから眺めていた数理哲学者が、詩人であり、歌人でもあったことも私には新しい発見であった。

*

しかし、前の二冊の往復書簡と比べて、今度の『田辺元・唐木順三往復書簡』の伝える内容は限りなく重い。なぜなら、昭和二（一九二七）年から昭和三十七（一九六二）年にわたる、唐木順三が京大を卒業した直後から、田辺元の死去にいたる三十五年間という期間にわたる、師弟の間の、また昭和十五（一九四〇）年からは、哲学者と編集者の間の、言葉の交流史だからでである。

前半の唐木順三の彷徨時代では、哲学科から離れた（逃亡した？）自分の心境、文学への傾斜、満洲行きの実情、そして結婚と、かなり率直な悩みを田辺に訴えており、田辺が細やかな反応で相対している。後年の編集者時代では、双方が自分の哲学への思索の跡をかなり立ち入って語っており、思想的対話ともなっている。おそらく、田辺元は、唐木順三にもっともよき理解者、そして支援者を発見して頼りにしたことであろうし、唐木順三は師に対する敬意と共に、身辺や健康への配慮を欠かさなかった。その意味で、この書簡集は生涯にわたるうるわしい、完璧な師弟関係を物語っているのである。

ただ、こうした師弟関係を生き抜きながらそのあとで、唐木順三は「田辺元とは何者であったか？」という問いを発しているのである。唐木順三が描く哲学者・思想家の条件を満たしていないということである。

これに反して、唐木順三の西田幾多郎への尊敬と思慕は生涯変っていない。「畏《かしこ》まって対座するが、お互いに冗談もいえる仲」だったという西田・唐木の関係は、とくに三木清の消息をめぐって二人だけの間で共感し合うものを持っていたのだろう。

この西田と田辺への評価の違いは簡単に解くことはできないし、同時に片付けることもできない。そして、田辺元は西田によって能力を評価され、京都に招かれたにも拘らず、後年ではかなりはげしい西田哲学の批判者となっていったこともあり、西田の方も「自分を正しく理解していないのは田辺だ」と洩らしていたというから、問題は複雑である。

唐木順三は、次第に自分の哲学、自分の世界を築いていった過程で、単なる哲学教師、講壇哲学者に疑問を投げかけることが、ときどきあった。そして田辺元という師に対しても「そもそも何者であったのか?」という疑問を呈している。「田辺さんが一種の碩学であることは解る」という語調から、どんなに碩学になっても、真の哲学者・思想家とはいえない、という判断があり、その判断からすると、真の哲学者、思想家の条件について、唐木順三には実感的実像が存在していたのだろう。

それを、この文章のなかで解いてゆかねばならないが、問題の指摘はできても、いまの私には答えは出せない。

西田幾多郎という存在

じつは、西田幾多郎という存在は、私にとってつい最近まで封印された未知の世界の人であった。敗戦間近に死んだ西田幾多郎については、敗戦直後からさまざまな批判が集中した。それは京都学派の戦争責任と関連するが、もう一つは、西田幾多郎の言語表現に関してであった。

「絶対矛盾の自己同一」といった難解な言葉は「果して日本語なのか？」といった揶揄が文士の間から飛び交い、晦渋な形而上学を避け、平明、簡潔、明晰な科学的言語の使用が望ましいという主張のようであった。そしてその主張は半面の真理を含んでいるように私には思えたのである。

したがって、哲学では、倫理学の和辻哲郎、宗教哲学の波多野精一、偶然性の哲学者九鬼周造の世界を味読することで、政治学、社会学、人類学、そして歴史学の方向に関心を移してしまった。

そうした態度を改めたのは、多分に上田閑照氏の『西田幾多郎——人間の生涯ということ』（岩波同時代ライブラリー、一九九五年。のち『西田幾多郎とは誰か』と改題して岩波現代文庫に収録）のおかげである。上田閑照氏は西谷啓治氏の直系の弟子で宗教哲学者であるが、この書物は西田幾多郎の魅力を語って最高の入門書であると思う。文章が平易、簡潔で惻々として西田という存在に迫る。上田閑照という最高の語り部を得て、西田幾多郎は二十一世紀に甦ることだろう。ただその場面でも、直接、西田の著作に没入するよりも、周辺から、外側から攻めてゆく方が効果的に思われる。

西田幾多郎は四十一歳のとき『善の研究』（弘道館、一九一一年）という処女作を書き、大ロングセラーとなった。彼は最初から哲学的著作で多くの読者に感動を与えた文章家だったのである。後年、次第に難解、晦渋な文章を書くようになったが、西田が本来悪文家であったわけではない。漱石でも『坊っちゃん』『猫』で最初からベストセラー作家になったが、晩年の『こころ』以降『明暗』まで、やはりかなり難解な世界に入っていっている。

第二は、北条時敬というすぐれた師をもったことも大きいが、鈴木大拙という生涯の友をもったことが、決定的に大きな意味を持っている。両者は禅で深く結びつき、鈴木大拙は、最初から国際宗教会議に出席し、アメリカで、仏教思想を講じ、積極的に啓蒙活動に従ってきた。西田はついに海外の地を踏まなかったが、欧米の知的雰囲気については友人大拙から多くのことを吸収してきたはずである。二人は同年、金沢生れの幼友達であり、生涯にわたって双方のよき理解者であったと思われる。

第三に西田幾多郎は京大文学部哲学科の創設者（Founder）だったことである。深田康算、朝永三十郎も創設者のメンバーだが、深田は早く死に、深田も朝永も、自らの哲学体系を樹立するという型《タイプ》ではなかった。

七歳年下の波多野精一を早大から招いたのには深田康算がもっとも積極的だったらしいが、十五歳年下の田辺元、十九歳年下の和辻哲郎の場合は西田が主導的に動いたようである。彼は創設者として、多様な人材を集めることに熱心であり、公正であった。こうして出来上った哲学科の教授陣が、絢爛たるアカデミイアとして、当時の全国の高校生を魅了し、三木清をはじめとして、東京の一高からも、また四高、松本高、山形高、土佐高といった多様な地方から秀才が集まったのである。その意味で、西田は演出家であった。

それにしても、唐木順三も描いているように、西田幾多郎の講義には学生だけでなく卒業生たち、あるいは若い助教授の田辺元や和辻哲郎までが聴講したという有名な逸話がある。その風景だけで学生たちは西田幾多郎もしくは哲学の権威に圧倒されたことだろう。

こうした西田の人間的魅力、あるいは西田哲学の魅力とは何だったのだろうか。

早くから高山岩男や柳田謙十郎によって、西田哲学の解説書が書かれ、京大哲学科だけでなく、岩波書店や弘文堂書店を通し、また総合雑誌までが西田哲学を論じた。

こうした風潮に対して、波多野精一は「少しみんな意気地がなさすぎるのではないか」と感想を洩らし、西洋哲学、古典への直接的探求を促したというし、戦後の田中美知太郎は、上山春平との対談で、「西田さんの講義は一カ所を堂々めぐりしていて前へ進まないんだよ」といささか揶揄的に語っていたことを私は直接聞いている。

しかし、そうした哲学界の内部の批判、文壇などの外部の批判に拘らず、西田幾多郎への思慕、あるいは西田哲学の読者は世代を越えて存在し、今日また甦りの気運がある。その秘密は何なのだろうか。

＊

和辻哲郎は、その著『人間の学としての倫理学』（岩波全書）の扉に「西田幾多郎先生にささぐ」という献辞を書いている。このことは限りなく重い。単に師に対する人間的感謝という以上に、和辻倫理学の根底理念が西田哲学の示唆に據っているという意味だろう。

和辻倫理学の独自性については後述するが、本人がその影響を明示しているのであるから、その点は確認しておくべきだろう。

和辻哲郎と一高で同期だった九鬼周造も、パリに八年も遊んだ貴族でありながら、京都の法然院の九鬼周造の墓石の側面には、西田幾多郎の寸心の号の名の、歌の文句が刻まれている。和辻哲郎ほど直截ではないが、気分としては西田幾多郎への率直な思慕を表現していると考えて差し支えあるまい。

次の世代の三木清、唐木順三の西田幾多郎への傾斜も明示的である。唐木順三は、西田の書についても晩年に語っている。

また、高坂・高山・西谷・鈴木の四人の場合はいうまでもない。

さらに戦中派の場合、上山春平が典型的であろう。「人間魚雷」回天に乗り特攻出撃に出ながら機械の故障で引き返すという奇跡的生還者は、のち『大東亜戦争の遺産』（中公叢書、一九七二年）という名著を書き、戦中派の思想的代弁者となったが、年少にして『善の研究』の影響を受け、戦後の反哲学的雰囲気の中で、折衷派的態度を取りつづけたが、やはり西田哲学への回帰を遂げたといえるのではないか。

中央公論社版「日本の名著」の『西田幾多郎』（一九七〇年）は上山春平編となっている。昭和二十（一九四五）年四月、一高から京大哲学科の西谷啓治の許へ入門した上田閑照も、広くは戦中派といえようが、反西田哲学的雰囲気の中で、一貫して西谷啓治に師事、ドイツ神秘主義エックハルトの研究に沈潜し、静かに祖師・西田幾多郎について語りはじめたのは、生半可な芸当ではない。

こうした京大哲学科の範囲を越えるが、戦後、フランス哲学を専攻し、三木清のパスカル研究から入って、西田哲学批判を志しながら、西田哲学に深入りした法政大学の中村雄二郎がいる。中村の場合、フランスへ日本の近代哲学を紹介するという国際的経験が、豊かな実りをもたらしたのであろう。

＊

西田幾多郎の哲学の世界について、先人たちの解釈を批評する能力はいまの私にはない。戦後世代やいまの人々は、上田閑照氏と中村雄二郎氏の解説と解釈を参照しながら読み進むのがよいだろう。

感想めいたことをいえば、西田哲学の基本的アイデアは、処女作『善の研究』に既に現れていること、純粋経験と主客未剖の世界は具体的な実感として捉えられる場面であること、上山春平が早くから指摘しているように、今西錦司の棲み分け理論は、生物の生態の観察から生れており、それを中村桂子の解説では「行為的直観の生態学」（今西錦司『行為的直観の生態学』燈影舎、二〇〇二年）と表現しているように、そこに方法的類似性もしくは等質性が感ぜられることは事実である。『自覚に於ける直観と反省』『働くものから見るものへ』といった思考過程は、思索の面白さを感じさせる。場所、弁証法的一般者、絶対矛盾的自己同一といった観念には、依然として言語感覚として抵抗があるが、西田幾多郎が晩年重視した宗教と歴史の世界は、私自身、また誰しも人生の最後に到達する問題であろう。

西田幾多郎と波多野精一

もう一度、外側から対比という形で西田幾多郎を考えてゆこう。

日本の近代哲学にあって、その最初の対立と拮抗は、西田幾多郎と波多野精一にあると私は思う。波多野精一は、近代日本にあって日本の学生に最初に西洋哲学を講じ、ギリシア古典研究の重要性を説いたケーベル博士の教えをもっとも忠実に体現し、かつ植村正久の弟子としてプロテスタントとして生き、キリスト教に基づく独自の宗教哲学体系を樹立した存在である。波多野精一は、一種の厳粛主義を貫ぬいた教授らしい教授、学者らしい学者であったため、西田幾多郎ほど青年たちには近づきにくい存在で、却って助教授連中が、波多野邸で、クラシックのホームコンサートを催して波多野さんを慰めたという逸話がある。

しかし、波多野精一の樹立した宗教哲学三部作の体系は、その文章の緊迫した美しさ、簡潔な論理、強靭な思索力、そして実在する神への断乎たる信仰によって、読者を魅惑する。しかも、晩年、日記・書簡類はすべて燃やしてしまったという徹底した作品主義に生きた存在である。注意しなければならないことは、西田の弟子である西谷啓治自身が、波多野精一の宗教哲学体系を、率直にすぐれた体系として認めていることである。

愛とは生活の共同であり、エロスならぬアガペーとしての愛は、愛の共同を物語る。自己実現としてのエロスは文化の領域であるが、他者実現としてのアガペーは宗教の次元にある。人間の世界は、自然、文化、愛の三つの段階で構成される。三つはそれぞれに個有の構造と価値をもつが、愛《アガペー》こそ、自然と文化を生かす実践の世界である。

象徴・啓示・信仰といった理念はこうした文脈の中で捉えられるべきであり、永遠性も将来と現在が一致する「将に来たらんとする」その姿の中に求められる――。

こうした波多野精一の厳密でありながら簡明で、緊迫した文章は独特の文体として、読者に迫ってくる。その読者が素人であろうと、読者に集中を迫り、啓示を与えてくれる。

こうした他者実現を説く宗教哲学体系は、私には、近代批判の意味をも持ち、またキリスト教を越えた人間存在一般に通用する普遍性を持っているように思えるのである。

＊

こうした波多野精一への傾倒を抱いていた学生時代、たしか昭和二十六、二十七（一九五二、一九五三）年ころだったろうか。京都から東京に出てきて成城学園の家に住まわれていた大島康正氏を訪れて、その感想を述べると、しばらく空を見つめていた大島さんは、

――しかし、西谷啓治さんの『根源的主体性の哲学』の方が深いですよ。


と言葉少なに自分の意見をいわれた。

残念ながら、私は西谷啓治氏の『根源的主体性の哲学』（一九四〇年）を読んでおらず、この稀覯本はその後もなかなか手に入らず、私の手許に入ったのは、つい最近のことである。両者の比較検討は、私にとってこれからの課題である。

＊

ただ、西田哲学は西田幾多郎がまだ健在なころから、一方ではきびしい批判にさらされている。西谷啓治が挙げている、山内得立、高橋里美、田辺元などが代表的な存在だが、それ以前、一橋大学の左右田喜一郎の批判が有名であるし、戦中の右翼、戦後のマルクス主義からの批判は、批判というより罵倒に近い。

しかし、西田哲学から影響を受けて、それ自体、すぐれた作品を書いた人々も多い。早くは、倉田百三『愛と認識との出発』（一九二六年）、出隆『哲学以前』（一九二二年）、また河合栄治郎の『トーマス・ヒル・グリーンの思想体系』（一九三〇年）なども、最初の示唆は『善の研究』であったかもしれない。

＊

波多野精一は西洋哲学史とキリスト教への正統的研究から、最後に自分の宗教哲学体系の樹立に向った。最初の『宗教哲学』（岩波全書）が昭和十（一九三五）年、『宗教哲学序論』が昭和十五（一九四〇）年、そして『時と永遠』が昭和十八（一九四三）年である。

これに対して、西谷啓治の『根源的主体性の哲学』が昭和十五（一九四〇）年。また和辻哲郎の『人間の学としての倫理学』が昭和九（一九三四）年、『倫理学』上巻が昭和十二（一九三七）年、『倫理学』中巻が昭和十七（一九四二）年、『倫理学』下巻は昭和二十四（一九四九）年、戦前、戦中、戦後にわたっていることに留意すべきであろう。

これに対して、西田幾多郎の『善の研究』が明治四十四（一九一一）年、『自覚に於ける直観と反省』が大正六（一九一七）年、『働くものから見るものへ』が昭和二（一九二七）年、そして『哲学の根本問題』が昭和九（一九三四）年である。

波多野精一の初期の代表作『西洋哲学史要』が明治三十四（一九〇一）年、『基督教の起源』が明治四十一（一九〇八）年である。

日本の二十世紀はある意味では日本の近代哲学の形成期であり、とくに一九三〇年代から四〇年代にかけて、日本の哲学の第一世代が自らの哲学を完成させていった成熟期であったことがわかる。あの世界大戦の動乱期にこれだけの豊饒な哲学的創造を行なっていたことを、われわれ後世代の者は見直してよい。

＊

波多野精一の正統的な態度と比較すると、西田幾多郎の場合は、かなり最初から我武者羅な自己流が目立つ。西田は四高を退学させられ、東大の選科に入学し、西田家が破産したため、ケーベルに西洋古典の研究を勧められながらその余裕がなかった。彼の実人生を見つめると、不幸と圭角と落第といった逆境が目立つ。

ただ、西田幾多郎は『善の研究』を書く前に京都大徳寺孤蓬庵で広州老師に参禅し、「無字の公案」を透過した（明治三十六年八月三日、三十三歳）と、上田閑照の年譜にある。また寸心の号を受けたのはそれ以前、三十一歳のときである。

このことは、唐木順三が終始、道元に拘わりつづけ、道元の形而上学で中世遍歴の区切りをつけたこと、寸心居士の書によない執着を示したことなどと符合する事実である。そして、禅の世界が直観と飛躍を通して〝無〟の世界につながることも多くのことを暗示しているように思う。

西田幾多郎は自己流、我流の思索者であったが、天才的な直観の持ち主であり、新カント派、カント、アリストテレス、エックハルトなど、多くのヨーロッパ哲学からインスピレーションを受け、啓示を得ていることはまちがいない。純粋経験、主客未剖の世界といったアイデアは、この直観力の動物的強さを感じさせる。そしてまたその直観と反省を通し、持続と集中によって思索を重ね、自覚した世界を体系化してゆく不屈の意志があったことは確認してよい。

さまざまな家庭的不幸と自らの性格的欠点から招いた逆境は、やがて他者に対するやさしさとして人間的魅力を形成していったのではあるまいか――。

和辻哲郎と九鬼周造

和辻哲郎は哲学者である前に、文士であり、著作家であった。彼は『新思潮』の同人であり、谷崎潤一郎とは一高以来の友人であり、自由劇場を創設した小山内薫とも友人であり、彼のために、イプセンやストリントベルヒ、バーナード・ショウの戯曲の翻訳もしている。

そのころの気分は『偶像再興』（一九一八年）の中にも表現されているが、和辻哲郎や木下杢太郎の世代は、典型的な日露戦争後の明治四十年代を謳歌した戦後派であった。和辻の文壇づきあいは、友人の安倍能成が「和辻の放情時代」と表現しているくらい、自由奔放なものであったらしい。ただ、そうした生活の中で、大学卒業後、『ニイチェ研究』（一九一三年）『ゼエレン・キェルケゴオル』（一九一五年）と、当時の最新の流行哲学者の評伝的研究を出している。最近、苅部直がそれを「光の領国　和辻哲郎」（『光の領国　和辻哲郎』創文社、一九九五年）と評したように、この流行哲学者の二人は、ニヒリズムと実存主義の祖であり、その暗い陰が日本でも次第に自覚されてゆくが、和辻の作品は、体系的で緻密なものであったが、明るく陰影を伴っていなかった。

三渓園の原富太郎に日本美術の面白さを吹きこまれ、大正七（一九一八）年原家の人々と連れ立って奈良の古寺巡礼の旅をする。それが『古寺巡礼』（一九一九年）である。世間では日本回帰の面を強調するが、この書の面白さは仏像を通して、ギリシア、ペルシア、インドの間の相互影響に着目した世界美術史もしくは世界史の新鮮なイメージを膨らませたところにある。

　またこのころ、ケーベルの教えを忠実にまもって、ギリシア研究、キリスト教研究を併行して行なっており、西洋古典から日本へ回帰したのではない。

『古寺巡礼』を出した和辻はラムプレヒトの『近代歴史学』を訳しているが、歴史の世界に向うに際して用意周到というべきであろう。二年後には『日本古代文化』（一九二〇年）を公刊している。

　翌大正十（一九二一）年には岩波書店の『思想』の編集に参画し、「原始基督教の文化史的意義」を連載し、大正十五（一九二六）年、公刊している。この書はいろいろな意味で問題を含む著作であるように思う。

　のちに解ることだが、日本古代文化への関心と、ギリシア古典、キリスト教への関心は併行しており、和辻哲郎は、歴史の始源について、思想のはじまりとしての原始についての関心を強めているのである。

　こうしたけんらんたる著作活動を注目していた西田幾多郎と波多野精一が、和辻哲郎を京大哲学科の倫理学担当として京都にくるよう説得した。和辻哲郎のような新鮮な感受性をもつ人間が倫理学を講ずることになれば倫理学も道学者めいた説教とはならないだろうし、また和辻のけんらんたる才能はそのまま東京のジャーナリズムにいては危険であるという判断も働いたかもしれない。

和辻哲郎は倫理学関係の書物を読んでいないこと、今後も文化史研究を続けたいことをあげて即答を避けたようであるが、西田・波多野の説得がまさったのであろう。和辻が本格的に学者となることを決意するのは、この京都行き後のことだろう。

＊

東大文学部哲学科での成績は、トップが岩下壮一、二番が九鬼周造、なぜか三番がなくて四番が和辻哲郎だったという、まことしやかなゴシップがあるが、和辻哲郎は友人の外交官の妻との恋愛事件に便宜をはかったという理由で、学長訓戒処分、もしくは停学処分にあったという事件がある。今日では考えられない馬鹿馬鹿しい事件だが、ともかく、こうした処分を受けた学生として、どんなに優秀でも大学には残れなかったのだろう。

しかし、岩下壮一も九鬼周造も同じような周辺の騒動で、半ば若いころに運命が狂ったことは、この世代の運命を思わせる。

岩下壮一は、東大中世哲学の講座を予定されながら、父親・岩下清周が疑獄事件を引き起したことに責任を感じ、文部省留学生を辞退して、カトリック系の病院長として奉仕の人生を送ることになる。昔の人は潔癖だったものだ。岩下清周は三井物産パリ支店長を務め、のち北浜銀行の頭取を務めたが、パリ時代の広い人脈もあって政友会・原敬の〝金庫番〟だったため、政敵に陥れられたのだという説もある。

岩下は日本ではめずらしいカトリック教徒で、その中世哲学・神学に関する造詣は深く、田中耕太郎をはじめ、岩下壮一によって洗礼を受けカトリックに入信した知識人も多い。

九鬼周造は、文部・美術官僚、九鬼隆一の息子で、母親の隆一夫人は花柳界出身の才媛で、アメリカでも評判の社交夫人であったが、九鬼隆一は夫人を自分より先に日本へ返すことにして、そのエスコートを岡倉覚三（天心）に頼んだのであった。これが間違いのもとで、夫人と岡倉が不倫の恋仲になってしまった。

九鬼周造は幼いころの記憶として、母の許に訪れてくる岡倉の風貌を覚えていた、と書いているから、九鬼夫人と岡倉覚三の関係はかなりながく続いていたらしい。周造はひょっとすると自分は岡倉の子供ではないかという妄想を払いきれなかった。ならぬ恋に、夫人は座敷牢のような生活を過し、最後には小石川の精神病院に入れられてしまった。夫人は半狂乱のうちに死んだらしい。

岩下壮一と九鬼周造という二人の秀才は、東京の上層階級の子弟でありながら、二人とも家庭崩壊という不幸を背負っていたのである。煩悶と憂愁の中の青春は、却って岩下と九鬼の間柄を濃密なものにしたのであろう。

東大の哲学科時代、二人は本郷のキャンパスを出て徒歩で御茶の水から日本橋の丸善に寄り皇居のお堀端に出て、麹町の家にまで帰ったことがあるという。それほど二人の間では話しこむ話題に事欠かなかったのだろう。青春とはそういうものである。

この二人から見ると、姫路から出てきた和辻哲郎の華やかな活動は、いささか、鼻につく田舎秀才の野暮ったさを伴っていたかもしれない。

*

この九鬼周造は、兄が早く死んで嫂《あによめ》と一緒にさせられ結婚生活はうまくいかなかった。彼のパリ生活が八年にも及んだという背景には、パリの甘美で自由な生活の魅惑もあったろうが、この家庭事情からの逃亡の意識もひそんでいたかもしれない。

九鬼周造のヨーロッパ留学は、ドイツではフッサールの現象学と、ハイデッガーの実存哲学を学び、パリではベルグソンを訪問し、サルトルにフランス語を習い、また彼がサルトルにハイデッガーの哲学を教えたという。男爵の身分で留学費は豊かで、パリでは娼婦相手のご乱行が続いたようだが、遊んでばかりいたわけではない。

『「いき」の構造』という他には見られない稀覯本ともいうべき名著は、パリ時代に発想されたものらしい。フッサールが、

——日本人には、クキーとか、ミキーという名に秀才が多いようですね。

と、面白い感想を洩らしたというが、九鬼も三木も、相手にそう印象づけるだけの能力があったことは確かだろう。

＊

天野貞祐をはじめ友人たちが、熱心に九鬼の京大哲学科採用を先輩たちに迫ったとき、九鬼が『「いき」の構造』に興味をもっていると説明すると、田辺元（？）が、

——それじゃ道楽者の哲学じゃないか。

と疑問を呈したというゴシップが流れた。教授会などというものは古来そうしたものだろう。この場合も西田幾多郎の判断が、九鬼助教授の実現に寄与したように、私は思う。

＊

ところで、和辻哲郎の倫理学体系と九鬼周造の偶然性の哲学は、幾重にも貴重な体系であり、二十世紀の近代日本が世界に誇ってよい哲学であると思う。それをめぐって話題はつきないが、

ここでは最小限の感想にとどめよう。

本来、和辻も九鬼も、その育ちからいえばケーベル―波多野の路線に近く、もっとも正統的な西洋古典への素養と研纂がその学風の性格である。しかし、西田哲学がその根底理念の中に生かされていることから劇《ドラマ》が発生する。

和辻哲郎の『人間の学としての倫理学』は倫理学体系の序論であるが、独立した書物としても価値があり、多くの学徒はこの書に感化された。和辻はここで、西洋古典の文献学で培った方法と、現象学を併せた、解釈学的現象学を方法として、日本語の倫理、人間、存在といった鍵概念ともいうべき漢字・漢語の分析から始める。

倫とは仲間の意味であり、人間とは人および間柄を意味し、存在とは、存続するの存、に在るの在で、時間・空間のなかにあるという意味であるという。

和辻哲郎自身、こうした新しい解釈を発見したとき、よほど嬉しかったのだろう。「日本語で哲学する学者よ出でよ」という文章を書いている（『続日本精神史研究』）。今日から考えれば、ギリシア語の解釈学である田中美知太郎の場合と比較してみることも面白い。

『倫理学』上巻は、信頼と真実の倫理学である。編集者の雨宮庸蔵に答えて語った解りやすい解釈としてはそういってよいだろう。ただ、構造的には、人間存在の否定的契機として、個も全体も否定運動を通して自己を現わすという説明を行なっている。これはいささか難しいが、個人を否定して全体に還ることが、カントのいう自律であり、全体に背いて個に赴くのが自由であるという。

これは自由と自律という命題を鮮やかに解いたひとつの解釈であろう。私は自由と自律はさらに自由と共同、もしくは自由と秩序と同義であると解釈してよいのではないかと考えている。そうすれば、政治学や経済学の命題ともつながってゆくことだろう。

『倫理学』上巻は、昭和十二（一九三七）年に公刊されているが、ちょうど、支那事変が勃発した年である。このとき、和辻は「文化的創造に携わる者の立場」（『面とペルソナ』所収）という重要な一文を書いている。

そして『倫理学』中巻は、昭和十七（一九四二）年、大東亜戦争が勃発した翌年に公刊されており、その序文が、当時の和辻の立場と心境を語っている。この中巻は〝人倫的組織〟として、家族、地縁共同体、経済的組織、文化共同体、国家と、徐々に公共性を増してゆく共同体の多様な層が捉えられ、最後に附論として、〝徳の諸相〟が論じられている。

家族の項では夫婦、親子、兄弟、そして親族までが考察の対象となり、経済的組織では〝打算社会の問題〟として商業社会、資本主義社会特有の問題が扱われ、しかし、ホモ・エコノミックス（経済人）という観念は抽象概念であり、現実には純粋の経済人などという人間は存在しないという面白い観方を呈出している。次の文化共同体では、友人共同体から民族へという副題がついており、友人関係から芸術共同体、学問共同体など一切の教育組織、文化組織を含め、最後が言語や宗教を共同するものとしての民族が文化共同体という観念で捉えられている。

最後が〝国家〟の項であるが、もっとも公共性の高い人倫的組織として国家が考えられている。このことが、和辻倫理学の国家主義的偏向といわれる所以だが、主権国家として、その成員に対して法的拘束力、強制力をもっているものは国家の他になく、それは戦後の国際社会が大きく変質し、さまざまな国際機関が発達した今日でも、基本的には変っていない。二十一世紀もまた国家は国際社会の基礎的単位である。

最後の附論として附けられた〝徳の諸相〟は、ギリシア、中国の古代から始まる〝徳〟という観念の解釈学であるが、じつに味わい深い名文であり名篇であって、これを独立させて、これだけ読んでも含蓄の深い名作である、と私は思う。

『倫理学』上巻が、きわめて形而上学的抽象的世界であったのに対して、中巻は具体的な人間社会、人間の組織の話であり、注意深く、丹念に読めば、「個人主義倫理を越え、公共性の高まりを具体的に説くもの」（我妻栄『家の制度——その倫理と法理』酣灯社、一九四八年）として、すぐれた体系であることを承認する者も多い。

ただ、政治学の蝋山政道が語ったように、

——和辻さんの『倫理学』は共同体の倫理だがこれからの倫理は市民社会の倫理でなければなりません。

という言葉にも、戦後の社会科学者の正統な主張がこめられているように私は思う。

和辻哲郎は、ゲゼルシャフト（Gesellschaft）とゲマインシャフト（Gemeinschaft）の区別は倫理学の場合、考えることができないとあっさり頭から否定してしまったのであるが、有名な契約社会と共同社会の区別は、市民社会、職業社会、都市と農村など、多様な多元的社会を考えてゆく上で、やはり有効で大切な区分であると思う。

しかし、和辻哲郎が、自分の倫理学体系を考えてゆく上で、極力、同時代の人文科学の発達、実証的研究を踏まえていることは、もっと注目されてよい。とくに人類学のマリノフスキーの研究成果を詳細に紹介していることは貴重なことである。

彼は根本的観念を西田哲学に拠っているが、極力、自分の頭で考え、平明で明晰であろうとしたのである。

また、和辻哲郎がみごとだったのは、倫理学体系の樹立を、自らの生涯の仕事として精魂を傾けたことである。そこが他の哲学者たちと異なり、波多野精一と共通するところである。

それでも当時は世界も日本も未曽有の大動乱期、大転換期の最中であり、『倫理学』下巻は公刊が戦後になるという微妙な事態になってしまった。この点は長くなるので別の機会に考えてみたい。以上、上・中の考察で、「倫理学」体系の性格と達成の輪郭は解ったと思う。

＊

和辻哲郎も直観に秀でた天才だと思うが、九鬼周造はそれ以上に天才的である。彼の偶然性の哲学は体系ならざる哲学として、根源的性格をもっている。

偶然性は驚きの情と密接に連環する自由と邂逅の哲学であり、人間存在と歴史とを、可能性、偶然性、必然性の三つの相の下に観ずる実存哲学の真骨頂を形成する。とくに、「一者は必然性の世界であり、二者あるいは多者の多様な出会いが人間の自由の世界である」という認識は、宇宙空間に遊泳する球体がぶつかり合い、離れ合う遊戯的空間を想わせる優雅で楽しく面白い哲学的認識であるように思う。人間の邂逅もつきつめると〃原始偶然〃に行き着く。ここに視点を定めるとき、人間存在は簡明かつ根源的様相を帯びる。

こうした類を見ない偶然性の哲学は、日本人が世界に誇ってよい哲学であると思うが、その独自な論理はまだ後人、後世代によって十分発展させられていない。

九鬼周造はそれよりも『「いき」の構造』の哲学者としてポピュラーであり、日本社会に活きていた〃いき〃という美意識を、解釈学的現象学の俎上に乗せて、構造分析をしてみせる著者の技は天才的職人の技に等しい。

「垢抜けて、張りのある、色っぽさ」と定義された〝いき〟は、〝京の雅《みやび》と、江戸の粋《いき》〟とも囃された日本の美意識の中核として、後の世代に引き継がれてゆくだろう。また詩人・文学者の間では「日本詩の押韻について」（『文芸論』所収）が、たびたび話題になっている。

＊

こうした和辻倫理学や九鬼周造の偶然性の哲学は、さまざまな影響力を及ぼしているが、精神医学の木村敏氏が、『人と人との間』（弘文堂、一九七二年）や『偶然性の精神病理』（岩波書店、一九九四年）で、和辻・九鬼の哲学を精神医学の考察に活かしているのは面白い現象である。また『風土』（岩波書店、一九三五年）は早くからさまざまな分野の人々に影響を与え、中村元『東洋人の思惟方法』（みすず書房、一九四八年）から建築学の芦原義信『街並みの美学』（岩波書店、一九七九年）まで、じつに広範な影響をもち、また日本史の高橋富雄氏が『武士道の歴史』（新人物往来社、一九八六年）の序章で『人間の学としての倫理学』への感謝を表明しており、政治評論家の内田健三氏が「我々の世代は『人間の学としての倫理学』だよな」と笑っていたことが印象に残る。

人文科学という世界はその性格上、数学のような明晰な解はない。その影響が分野を越え、国境を越えて持続的影響力、生命力をもつことによって、古典として評価される。日本の近代哲学も、国民国家の形成期に形成されていったものであり、その時代的制約はあっても、十分、欧米の近代哲学に匹敵し、拮抗できるものであると私は思う。

残された問題

唐木順三は『現代史への試み』（筑摩書房、一九四九年）のなかで、〝型と個性と実存〟という世代論を展開したが、西田幾多郎や波多野精一が明治の〝素読《そどく》と独創世代〟であり、大正の和辻哲郎や九鬼周造が〝個性と教養〟世代であるとすれば、三木清や唐木順三は昭和の〝不安と実存〟の世代であったといえるかもしれない。

しかし、それぞれの思想は単なる世代論を越える視野と構造をもっており、そこに京都学派の魅力も存在する。

高坂正顕、高山岩男、西谷啓治、鈴木成高四人の世界史の哲学、もしくは世界史的立場と日本について触れる紙幅がなくなった。これについては、別の機会に譲りたい。

また、三木清と唐木順三は、三木清と林達夫という組合せとしても考察可能であろう。田辺元もまた、最後の京都学派・下村寅太郎という唯一の純粋京都人との師弟関係についての考察をしなければ結論は出まい。

ただ私は、京都学派についても、自由で多様な意見が出てよいと考えている。「どのような哲学を選ぶかはその人の性格による」とフィヒテは述懐している。味わうべき言葉である。

第十章　信州——郷土の英雄

「私はDenkerと呼ばれたい」

唐木順三

信濃路、いくたび

二〇〇四年九月三日、思い立って信州の伊那市に出かけた。八十二文化財団の主催する講演会があり、その講師が地元の教育者で唐木順三とも近い関係にある小林俊樹氏であり、その演題が「筑摩書房の三人――唐木順三・古田晁・臼井吉見」だったからである。

小林俊樹氏とはすでに面識もあり、酒を汲み交わしたこともあるが、講演という、改まった公けの場所での話なら、小林俊樹氏の体系的なまとまった話が聞けるかもしれない、との直観的判断であったが、幸い、この直観は当った。そして幾度か足を運んできた信州への結論的感想を得ることができたのであった。

＊

ここ二十年近く、なぜか、私は信州との縁が年々深まってゆく、不思議な経験をしてきた。最初は私の卒業した都立五中の創設者・伊藤長七《ちょうしち》の事蹟を調べ、「七十年史」の創立のころの校史を書くことを同窓会から依頼されたことに始まる。私は諏訪出身の伊藤長七の生家や、峠の展望台にある伊藤長七の胸像（それは、高等師範、諏訪中学、都立五中の同窓会の有志が建てたという）を訪ねて、旅館「ぬのはん」のご主人の話を伺ったことがあった。

つぎは、長野県を根拠とする八十二銀行のつくった八十二文化財団の専務理事・戸谷邦弘氏とのご縁で、信州との恒常的往来が始まり、長野市の駅前の大型書店・平安堂書店主催の講演会で「岩波書店と筑摩書房——信州と哲学的精神」というテーマで講演する機会をもった。

そのうちに、塩尻市が古田晁記念館をつくり、古田晁を顕彰することになり、記念館で講演する羽目になった。また、臼井吉見の文学記念館が臼井吉見の生れ故郷安曇野《あずみの》の堀金村に出来ることとなり、地元で読書会を開いておられる、臼井吉見の『安曇野』の研究家である伊藤正住氏の案内で、『安曇野』の舞台を丹念に歴訪する機会も得た。

＊

今回も、伊藤正住氏に連絡をとると、「ちょうど仕事が休みだから」と自家用車で松本駅まで迎えにきて下さり、伊那市の講演会場に同行して下さった。

偶然とはこういうことなのだろう。その会場には唐木順三氏の遺族、唐木美枝子（哲郎氏夫人）、唐木達雄氏（哲郎氏弟）が会場に見えていて、講演終了後、ご自宅（唐木順三氏の生家）にご案内下さり、また自宅に近い、唐木順三の眠る墓所や、ゆかりの宮田村小学校にお連れ頂くこととなった。

この道行きには講演の演者であった小林俊樹氏も同道下さり、関係者たちの唐木さんへの思慕の念の深さを感じさせられたのであった。

唐木さんには子供がなかったから、ご遺族は甥、姪に当たる。現在は洋品店を開いておられ、家のつくりも昔の面影はない。古い街道沿いの家並みにある、いくつかの旧家から昔の面影がかすかに忍ばれる。

唐木順三さんの墓所は、信州の山脈《やまなみ》を一望できる小高い丘にある。新しく分譲された村営（?）の分譲墓地の一画であった。夫人と共に眠る墓石は、黒々と輝き、新しい香気が漂っているかのようで、今日の講演でも小林俊樹氏が話題とされた、臼井吉見の墓碑銘が刻まれている。古田、唐木、臼井の順でこの世を去った三人は、古田さんの葬儀では、唐木、臼井が柩をかつぎ、唐木さんの場合は、すでに病いを得ていた臼井さんが渾身の気力を振りしぼり、文章を書いたことだろう。考えようによっては、あとに残った臼井さんが割りを喰ったことになるかもしれない。二人とも死んでしまって弔う人間がいない。

唐木順三墓碑銘

雨《アメ》バ　雨《アメ》ナテ　風《カゼ》ハ　風《カゼ》ナテ

誰《ダレ》ガ　ツケタンベナ　イツバンハヤク　誰ツケタンダベナ

小学一年生ノ方言詩ヲ漢字マジリニシテ写ス

順三

昭和四十六年七月

ここに生れ、ここに育ち、この山河を
愛してここに眠る君はこの少年の詩のごとく
自分と日本と世界を問いつづけて、不期豊醇
七十六年の生涯を通じ滾々《こんこん》汨々《いついつ》詩魂のこだまする
独自の文業を遺した　わけても君の現代
告発の遺書ともいうべき科学者の社会的責任に
ついての覚書こそは　永く人類の胸を
搏《う》たずにはおかないであろう
駒仙丈の残雪　天龍の瀬音　風光る万緑の
野面　郷土の山河は君を迎えてかくもうるわしく
よそおい　和らぎたり　かくなごめる風光の
なか　君よ安らかに眠り給えよかし

とこしえに

三回忌に

昭和五十七年五月二十七日

臼井吉見

唐木順三

雪峰院不期順心居士

昭和五十五年五月二十七日没

行年七十六歳

＊

参詣者たちは、そのまま、二台の車に分乗して、宮田村の小学校に向った。それは唐木さんの母校であり、唐木さんが作詞した歌が記念碑となって校庭に建立されており、畑田一心《いっしん》氏という宮田小学校の教師が作曲をつけて、いまも学校関係者、生徒たちに歌われているという。同行して下さった唐木達雄さんも、宮田小学校にながく奉職した経歴の方である。私たちの前で「ちょっと歌ってみましょうか」と悪びれることもなく、朗々と歌い出した。美声である。

——山と語り流に思ひ
風に聞き雲と遊ぶ
うるはしき心のしらべ
あめつちとともに

昭和五十二年夏　順三

通り過ぎる生徒たちが、我々の方を見ながら、「いらっしゃいませ」、「こんにちは」と丁寧に頭を下げてゆく。ああ、躾けがよいのだな、マナーを心得ている、とこちらもフッと安堵に似た喜びを覚えるのであった——。

＊

そこで、同行して下さったご遺族や小林俊樹氏と別れ、伊藤正住氏の車で、美ヶ原温泉の「すぎもと」に向った。あとから八十二財団の田中健太郎氏も合流して下さり、伊藤・田中氏と三人で、旅館で、会食をすることになっていたのである。

田中健太郎氏の父君も信州大学の名誉教授、島崎藤村の研究家であったという。家庭のなかが書物や学問と無縁でなかったのだから、文化財団の活動も性に合った仕事といえるのだろう。田中さんや伊藤さんといった地方の読書人には虚飾がなくて、話していて気持がよい。久しぶりに私の欲張りな計画が図に当り、私は充足した気分で眠りについた——。

＊

翌日、伊藤正住氏は、松本から車を駆って、信濃境にある唐木順三の不期山房跡に誘導して下さった。

唐木さんが晩年、愛し住みついた不期山房の建物はもはや壊されて存在しない。しかし唐木さんが愛した不期山房からの風景を実感してみたい、というのが私の願いだった。その意味では私の願いは十分果たされたのであった。

不期山房は、ＪＲ中央線の、信濃境駅に接する小高い山の裏側にあった。その小高い山とは、信濃境神社という名の神社の、神社林を切り開き、分譲したものであろう。

甲州との国境いに神社を建てたについてはそれなりの歴史的由来があったのだろう。駅から登る道の両側が分譲地となっており、七、八軒の分譲住宅が立っている。それはきわめて都会的・近代的な住居群であって、唐木さんの不期山房という命名の庵から想像していた環境とはかなりちがっていた。

ただ、唐木さんはそこから見える南アルプスから富士山までの風景を楽しんでいたのだろう。ともかく、私はこの連載の終り近く、生れ故郷の伊那市での講演、生家、墓所、不期山房と、唐木さんゆかりの場所と古田、唐木、臼井三者の関係の学習という、実り多い旅行に心から満足し、感謝したのであった。

庶民史観と英雄史観

戦後の日本では、左翼思想や民俗学の影響から、人民、庶民、民衆、大衆という言葉が流行した。人民とはプロレタリアートという唯物史観での未来を担う主体であり、大衆とは大衆社会を構成する人々のことだろうが、mass という言葉は現象形態を指すのであって、実在する存在ではないというのが私の見解である。「声なき声は、後楽園にある」と居直ったのは、六十年安保のときの岸信介首相の言葉であるが、それはともかく、野球場に行けば、誰しも大衆であることはまちがいない。

この人民や大衆は論外として、庶民や民衆には、本来そうしたイデオロギーの響きはない。しかし、「名もなき民のこころ」といった表現には、無名の民への熱い想いが感じられることも事実であり、民衆芸術、民芸品といった言葉にもある時代色がある。

それと同様、庶民史研究といった言葉にも民俗学上の常民といった言葉と同様、ある傾向を表現している。名もなき庶民こそ歴史の主人公でなければならないといった観念が秘められているように思う。

ところで古田、臼井、唐木といった存在はどのように考えたらよいのだろうか。とつおいつ考えているうちに、やはり郷土の英雄ではないかというのが、私のひとつの結論である。学問好きの信州人は、古田さんや臼井さんの記念館までつくり、思慕と尊敬の念を表明している。三人は郷里の人々にとって英雄なのである。

かつて、カーライルは『英雄崇拝論』のなかで、ゲーテやシラーといった文豪も英雄のなかに数えた。今日の日本では英雄といえば、もっぱら政治家に限られ、それも一種のアナクロニズムとしてしか考えない風潮がある。

しかし、それは本来の人間や歴史の見方をゆがめる。民主主義の時代に英雄は要らない。また存在してはならないと思っているようである。

しかし、本来、英雄は民衆の声を代弁し表現する者で、両者は一方が一方を否定するものではない。宗教指導者、政治指導者に英雄が多いことは事実だが、文芸や思想の世界でも大きな存在に英雄の言葉を冠しても、少しも差し支えないと思う。

信長・秀吉といった英雄も、民衆の支持を失ったときに滅びたのであり、民衆は民主主義の時代以前から、自分の意志の通し方を知っていたのである。

天才や英雄という言葉を復活させることで人間社会、人間世界の事象が、もっと面白く見えてくる。

ところで、古田晁や臼井吉見、そして唐木順三も信州という郷土を代表する英雄である。天才というより英雄がふさわしい。

古田晁は、筑摩書房という、思想と文学を中核とする出版社を起し、戦中・戦後の逆境のなかで、自分の信念を貫いた人だった。しかし、彼は事業家であったかといえば、少し正確でないように思う。計算が出来た人ではなく、博奕《ばくち》に等しい企画に全存在を賭け、友人臼井吉見の先見性ある企画を信じてそれを実践、実行した。周囲も辟易する大酒呑みだったが、本人は本当は酒が好きではなかったらしい。作家や学者を純粋に愛し、そのための細やかな奉仕と気配りに徹した。また社員にも愛情深く、教育者のように接した。

しかも、自己を律することきびしく、まさに生涯を通しての倫理学徒であった。また息子たちにきびしすぎるほどきびしく、筑摩書房を世襲にはしなかった。後継者たちは一度会社を潰したが、会社更生法適用で、管財人に布川角左衛門という出版界の人格者を迎え、再建できたことも、古田さんの人徳というべきだろう。

＊

臼井吉見の晩年の大長篇『安曇野』は、安曇野平野を有名にし、やがて市町村合併で安曇野市が誕生するという。そうなれば、ますます臼井さんの名前と安曇野は一体化されることだろう。私自身は作品『安曇野』よりも多くの評論の方が好きなのだが。そして、やはり臼井さんは国文学の素養を背景とした切味のよい批評家であり、多くの才能を発掘した編集者であり、編集者・批評家の仕事の方が作家臼井より高くて重いと思う。同時に古田晁に推めて筑摩書房を起こした出版人臼井吉見はそれよりも大きい。ともかく、臼井吉見の友人への信義、教育者としての適性は、見落されてはならない。

＊

唐木さんもまた反時代的文人・思想家で隠遁志向が生涯あった存在だが、古田、臼井と同様、郷土を愛しつづけた教育者でもあった。先に記した小林俊樹氏を薫陶した岡田甫《はじめ》氏は小林氏と同様、ながく松本中学の校長を勤めた存在だが、唐木順三と親しく、生涯の友人であったという。

唐木順三の宮田小学校に遺した詩碑も、墓所に刻んだ言葉も、おのずからなる郷土愛を語り、また子供の発想の大切さ、無垢の発想のなかに、すでに宇宙の摂理、人間世界の哲理が秘められていることを、唐木さんはながい、ながい遍歴のあと悟ったのではなかったか。

雨バ　雨ナテ　風ハ　風ナテ

誰ガ　ツケタンベナ　イツバンハヤク誰ツケタンダベナ

この子供の懐疑には、すでに哲学の初心があり、哲学の問いがあり、それ自体、最高の真理、真実となっている――。

これは良寛の境地と同じ心境・境位ではなかったのか、というのが、その言葉に接しての私に閃めいた直観であった。

「私はDenkerと呼ばれたい」

Denkerは思想家というより、考える人、思想する人といった日本語がふさわしいかもしれない。

碩学、田辺元に生涯仕えた唐木順三が奉仕を終えたあとに呟いた、田辺元への懐疑は、人間の業ともいえる問いであるが、ともかく、唐木順三自身は、碑文に示された、子供と遊ぶ良寛の境位を、自分の自足した空間として、思い定めたのではなかったか！

ある人々は知識や学問の量を増やすことが学者だと考えている。また上等な人間だと思っている。しかし考えるとか思想するとか、思想家といった範疇は、必ずしも知識の量と比例しない。人間への洞察力とか、流れを捉える歴史への先見性は、すぐれた知識にプラスアルファが必要である。単なる対象を捉える悟性ではなく、自己をも含む自他を洞察する根源的な理性と、創造的飛躍が必要なのである。唐木順三の到達した世界は唐木自身、哲学と禅と文学を訪ね、訪ねた挙句の、無心の世界、子供に還り、また子供と遊ぶ、子供の英知や利発さに、この世の哲学の初心と結語を見出したのではなかったか。

『昨日の世界』

本書は、唐木順三の事跡を正確に網羅的に追う評伝とはならなかった。それにしては、私自身の問いが多過ぎたからである。

唐木さんは思索者であると同時にユニークな文人であった。しかし、同時に編集者としての先達・先輩である。生涯、私の念頭から離れなかったし、同時に交渉も深まらなかったが、一度だけ、「あづまみちのく」という達意の紀行文を私の編集していた雑誌（『歴史と人物』）に頂戴したことがある。唐木さんがながい模索時代を終え、『応仁四話』という生涯に一度の小説を書いて、文壇からも絶賛されたあとのことである。「お前さんの雑誌に合いそうな原稿があるから」と、わざわざ電話を頂き、担当者になった平林孝君が在籍していたことも幸いして、阿吽《あうん》の呼吸といおうか、スラスラと話が進行して、連載が始まった。『朝日新聞』の文芸時評で、丸谷才一さんが絶賛して下さったこともあり、私にも忘れられない思い出となっている。

筑摩書房と『展望』という雑誌と共に、戦後の青春を過ごした私にとって、自ら出版人となったあとの経験を、唐木さん及び筑摩書房と比較しながら、編集と出版の理想型を考えてみること、同時に唐木さんを窓口として、京都学派という山脈を全体として考えてみることが、私には自然で大切な仕事に思われた。

書き始めてみると、初期の唐木さんは、自らの模索の覚え書といった文章が多く、異和感も次々と出てきたために、遠慮なくその異和感をぶつけてみた。『鷗外の精神』に対しては、私自身、最高の鷗外ファンとして、敢えて異論を称《とな》え、『現代史への試み』に対しても、唐木さんの教養主義批判を再批判することとなった。多くの唐木さんの著作の中で、『詩とデカダンス』『無用者の系譜』『無常』の三冊が、唐木さんの世界、思想遍歴を考える上で重要と考え、それに絞って考察を進めた。

また戦後民主主義を謳歌する大合唱のなかで、西谷啓治氏の名著『ニヒリズム』は、坂口安吾の『堕落論』とも、唐木さんの中世への反転と通ずるものがあるとの判断から、戦後の精神状況の一側面に光を当ててみた。

また『無常ということ』の小林秀雄と唐木順三の資質——批評と思想——を比較し考えてみ

た。さらに、戦後の思想界で哲学に代って思想界の主役を演じた丸山眞男、大塚久雄、清水幾太郎といった社会科学者たちと唐木順三の距離を考えてみた。

要するに、今日の状況からいえば、ほとんど忘れられかけている昨日の世界のことである。ふと、私は一時期熱中したS・ツヴァイクの『昨日の世界』という作品を思い出した。あの名作と比較する気持など、サラサラないが、私自身が身を置いていた、私の昨日の世界についてのスケッチに、少しでも興味をもって頂ける読者を見出せれば幸いである。

時代に強いられた、第二次世界大戦と敗戦という深淵によって哲学することを強いられた世代の人間として、少しでも自然体で平明に書いたエンターテイメントと解して下されば幸いである。

補遺1　科学者の社会的責任について

晩年、たまりかねたように、唐木さんが、「科学者の社会的責任」について書き遺したことを、私は逸脱と評した。井上達三氏から、前から触れられていて逸脱ではあるまい、とご指摘を受けた。また臼井さんの書かれた墓碑でも、〝人類への遺産〟と評価しておられる。

近代批判は、唐木さんの中世志向の向う側にあるもので、それは生涯の主題であることは当然である。私が逸脱と称したのは、鈴木成高氏との対談で、鈴木氏が「私はいまでも『新しい中世』の主張を変えんぞ」と主張したのに対し、唐木さんが「私は『新しい中世』を主張することはしない。自分で中世を歩いてゆくだけだ」と語っていることが、脳裏に焼きついていたためである。

言挙げせずに自ら歩むだけだというのが、唐木さんの美学、姿勢だと解釈していたことが、私の逸脱論の背景にある。晩年に、見栄も外聞も捨てた近代主義批判の核心の一つである、科学者の社会的責任を主張したことは本音だったたであろう。私は唐木さんのこの乱《い》れを責めているつもりはない。逸脱であるほど、構えを捨てて、本音をいわざるを得なかったのであろう。人間的な仕業《しわざ》である。

補遺2　不期豊醇そして滾々《こんこん》汨々《いついつ》

昭和四十九（一九七四）年に刊行された唐木順三の随筆集『光陰』（筑摩書房）がある。その巻頭に「不期山房由来」という文章が据えられている。

——千利休の孫、千宗旦が新しく結んだ庵へ、旧知の大徳寺の老僧が訪ねてきた。あいにく宗旦は留守であった。そのとき、老僧は障子紙をもらって一筆書き流して帰った。——

不期明日

明日を期せず、あれほど親しかった秀吉と利休が、秀吉の激怒を買って切腹させられた。その事件の記憶が消えないころ、「不期明日」とは実感がある。

唐木さんとしては、「不期完璧」の意味をも含ませたいとのことである。とにかく、明日を期待しないで、その日、その日、あるいはその瞬間、瞬間を充実して生きようという、滋味のある言葉である。

臼井吉見は、墓碑銘に唐木順三を評して、不期豊醇という言葉を使って形容した。おそらく、臼井吉見自身の造語であろう。さらに唐木順三の詩魂を評して、滾々汨々《こんこんいついつ》と評した。これは古語に由来する言葉であろうが、私はその由来を知らない。しかし、臼井は Denker 唐木の底に、詩人・詩魂の存することを見抜いていて、その様をこんこんと湧く泉の如しと形容したかったのであろう。

友人を讃える臼井吉見の真情が溢れていて、最高の讃辞となっている。

三人を遠くから眺め、接していた私など、これ以上の言葉を持たない。

補遺3　下村寅太郎の言葉

下村寅太郎は、京都学派の中で、唯一の京都生れ、またもっとも長命を保って、老いてますます名作・名品の数々を残した哲学者、精神史家である。最初、科学哲学を専攻したが、やがてブルクハルトに傾倒し、ルネサンスの巨人たちを描き、東郷平八郎を近代日本の精神史のなかで考えるという、自在な仕事ぶりであった。

その下村寅太郎に、昭和四十五（一九七〇）年に公刊された随筆集『遭逢の人』（南窓社）がある。私の手元にある本は竹田篤司氏から頂戴した貴重な本である。生涯に出会った西田幾多郎、田辺元に始まり、多くの京都学派の人々の思い出を卒直に書いているが、その最後が唐木さんの想い出となっている。それほど親しい間柄でもあったのだろう。しかし友人の言葉はきびしい。

――芭蕉の旅心を愛する唐木君に、旅を勧めるのだが座を立たない。排気ガスの漂わない一隅も日本には残っていないから、奥の細道はさし当り欧州路ということになる。言葉も通ぜぬ（多分）天涯の孤客として異境の旗亭で独り酒を酌む旅路の朴人老を想像するのは甚だ楽しいものだが。

あとがき

生涯、編集や出版と関わりをもって生きてしまった私には、編集や出版と学芸との関係、また、政治や官僚、企業や実業との関係について（あるいは違いについて）考えこんでしまうことが屡々あった。編集や出版について哲学することは、編集者である私の義務に思えたのである。

ホリエモンさんがいうように、インターネットの時代には、既存のメディアは無意味になってしまうのだろうか。かつてテレビの出現で新聞・雑誌・出版の世界が衝撃を受けたように、いまやテレビも含めて、インターネットの出現の影響を正面から直視しなければならない時代になった。

しかし、私が生きてきた時代は、牧歌的で活字メディアの黄金時代であった。そうした時代に、編集や出版の理念型はどう考えられるだろうか。私にとっては筑摩書房が、理念型の多くを満たしている存在に思えた。

その筑摩書房創業の三人のうちの一人である唐木順三は、反時代的文人として生き、ながい模索の果てに、独自の自在な境地を獲得した存在であった。彼は黄金期の京都大学哲学科に学び、哲学の落第生を自称しながら「思想する人《デンカー》」と呼ばれることを念願とした人であった。唐木順三は職業的哲学者ではなかったが、考える人、思想する人、ひとりの哲学徒であった。

唐木順三の思考の深まりと拡がりを考えることを通して、理念型としての編集と出版の意味を、具体的に実感できるのではないかと私は考えたのであった。

ここに描かれた風景や肖像は、すべて昨日の世界であることを私はしみじみ実感している。しかし、人文的教養を失った人間は野蛮人にすぎないと私は確信しており、インターネットの時代、コンピューターの時代にも、ちがった条件、環境の下で、人文的教養は復活するだろうと思う。復活しなければ、人類の未来はないのだから。

教養ある市民層はもろくもナチズムに蹂躪されたではないか、とは西洋史家野田宣雄の呈出したアイロニーだが、蹂躙されても必ず甦り、何回でも自己を主張しつづけるのが、人間の宿命であろう。

その人文的教養の核心は、哲学・史学・文学であるということは、季節はずれの私の信念である。本書は、予定している三部作の第一部であるが、書き終って単なる習作であり覚え書であり、ノートに過ぎないことを痛感する。西田幾多郎について、芭蕉や良寛について、結論的評価を書くまでに至らなかった。書くという作業は、新しい課題を生み出す。新しく生れた思念・理念を、もう少しちがった形で、私自身の思索を深めてみたいと考えている。

二年余の『環』連載に当り、藤原良雄氏と担当の西泰志氏のご厚意に感謝したい。また多くの助言と示唆を頂いた、竹田篤司氏、井上達三氏、上田閑照氏に心から御礼を申し上げる。

二〇〇五年五月十日

粕谷一希

初出一覧

第一章「筑摩書房というドラマ」(『環』二〇〇三年冬号)。
第二章「京都大学哲学科の物語」(『環』二〇〇三年春号)。
第三章「漱石と鷗外」(『環』二〇〇三年夏号)。
第四章「戦後という空間」(『環』二〇〇三年秋号)。
第五章「反転──中世へ」(『環』二〇〇四年冬号)。
第六章「中世的世界の解釈学」(『環』二〇〇四年春号)。
第七章「批評と思想の間」(『環』二〇〇四年夏号)。
第八章「哲学と社会科学」(『環』二〇〇四年秋号)。
第九章「ふたたび京都学派について」(『環』二〇〇五年冬号)。
第十章「信州」(『環』二〇〇五年春号)。

著者紹介

粕谷一希（かすや・かずき）

1930年東京生まれ。東京大学法学部卒業。1955年，中央公論社に入社，1967年より『中央公論』編集長を務める。1978年，中央公論退社。1986年，東京都文化振興会発行の季刊誌『東京人』創刊とともに，編集長に就任。他に『外交フォーラム』創刊など。1987年，都市出版（株）設立，代表取締役社長となる。現在，評論家，ジャパン・ジャーナル社長。著書に『中央公論社と私』（文藝春秋），『河合栄治郎——闘う自由主義者とその系譜』（日本経済新聞社出版局），『二十歳にして心朽ちたり』（新潮社），『面白きこともなき世を面白く——高杉晋作遊記』（新潮社），『鎮魂　吉田満とその時代』（文春新書），『編集とは何か』（共著，藤原書店）など。

反時代的思索者《はんじだいてきしさくしゃ》——唐木順三《からきじゅんぞう》とその周辺《しゅうへん》

2005年6月30日　初版第1刷発行©

著者　粕谷一希

発行者　藤原良雄

発行所　株式会社　藤原書店

〒162-0041　東京都新宿区早稲田鶴巻町523

TEL　03（5272）0301
FAX　03（5272）0450
振替　00160-4-17013

印刷・製本　美研プリンティング

落丁本・乱丁本はお取り替えします
定価はカバーに表示してあります

Printed in Japan
ISBN4-89434-457-2